Séné

De la vie heureuse

et De la tranquillité de l'âme

Préface de Gilles Van Heems

Texte intégral

Préface

Lucius Annaeus Seneca, plus communément appelé Sénèque le Philosophe, est une des personnalités littéraires les plus complexes et intéressantes de l'Antiquité. Cela tient sans doute à l'étendue et à la diversité de son œuvre : Sénèque semble aussi à l'aise dans la tragédie la plus achevée, que dans l'ouvrage de sciences naturelles, le pamphlet le plus acerbe[1] ou le traité de philosophie. Il aborde dans ses textes avant tout des questions fort concrètes, et incarne toutes les contradictions d'un philosophe résolument tourné vers l'action[2], alors même qu'il fait l'éloge dans ses écrits de la contemplation et de la « tranquillité de l'âme ». En quelque sorte, l'adage selon lequel on ne peut comprendre l'œuvre sans connaître l'homme est vrai pour Sénèque plus que pour tout autre. Aussi convient-il, avant de (re)lire *De la tranquillité de l'âme* et *De la vie heureuse*, deux de ses dialogues où se pose avec acuité la question de l'engagement politique et de sa contribution au bonheur, de bien connaître le contexte culturel et historique des six premières décennies de notre ère, dont Sénèque est un éminent représentant.

---

1. Le plus célèbre est certainement l'*Apocoloquintose du divin Claude*, qui raconte la transformation de l'empereur en citrouille.
2. Il fut étroitement associé au pouvoir par Néron.

Le stoïcisme à Rome

Né à Cordoue à l'aube du Ier siècle après Jésus-Christ, d'une riche et cultivée famille romaine – son père, Sénèque le rhéteur, était un fameux professeur de rhétorique –, Sénèque fait, tout comme ses deux frères, ses études à Rome et se destine à une carrière politique. Largement influencé par le pythagorisme et le cynisme, c'est pourtant le stoïcisme qui, très vite, emporte son adhésion. Cette doctrine, empreinte de socratisme[1], fut fondée à Athènes par Zénon de Kition autour de 300 avant Jésus-Christ Il professait sous la *Stoa Poikilè* – le « Portique peint », qui a donné son nom au mouvement –, dans le souci de répondre aux préoccupations morales qui assaillent les Grecs de l'époque hellénistique. Pour les stoïciens, le bonheur ne peut naître que d'une vie en conformité avec la Nature. Cette Nature, en effet, qui se confond avec l'Univers, est contrôlée par la Raison, qu'ils identifient à Dieu (ou « la divinité », en latin *deus*) et qui se manifeste sous la forme du destin (la Nécessité). Par conséquent, tout ce qui se produit dans l'Univers est le fait de la Raison divine. Aussi la clé du bonheur est-elle de vivre en harmonie avec la Nature, en d'autres termes, d'accepter volontairement son destin : je dois toujours acquiescer à ce qui m'arrive, à la douleur, à la misère, à la mort, puisque ces événements ne dépendent pas de moi, mais qu'en revanche il dépend de moi de chasser le véritable mal qui me menace, à savoir la faiblesse morale. C'est une doctrine de la force morale qui a très vite conquis les aristocrates romains, pour qui l'indépendance intellectuelle et la froide acceptation des évé-

---

1. Sénèque fait constamment appel, dans son œuvre, à la figure de Socrate : le long passage dans *De la tranquillité de l'âme* (cf. p. 66), où il décrit le philosophe d'Athènes en train d'exhorter ses compatriotes à pratiquer la vertu, malgré les vicissitudes de l'histoire, est emblématique de l'importance du modèle socratique dans la pensée de Sénèque ; c'est toutefois moins le « théoricien » qui l'intéresse en Socrate que l'homme d'action, impliqué dans la vie de la cité.

nements, manifestation suprême de la liberté, souvent teintée de morgue, étaient en définitive un signe indéniable de leur statut social. Aussi, quand Sénèque commence ses études, découvre-t-il une doctrine, le néostoïcisme, qui a fait des émules à Rome depuis plus de deux siècles.

Le philosophe et le prince ou les infortunes de la vertu

Malgré une vie politique mouvementée sous Caligula et Claude, Sénèque dut à l'appui d'Agrippine[1] d'être étroitement associé au pouvoir, d'abord sous Claude, puis sous Néron. Ce dernier n'ayant que 12 ans à la mort de Claude, sa mère lui assigne pour précepteurs Burrus[2] et Sénèque, de 54 à 62. Nombre de ses ouvrages philosophiques datent de cette période, où Sénèque croit sincèrement pouvoir former un « Prince philosophe », jusqu'à ce qu'il se rende compte de l'aveuglement irrémédiable de son disciple, qui, en avril 65, finit par se débarrasser de lui de manière radicale : il lui ordonne de se donner la mort pour avoir participé à la conjuration des Pisons[3]. Étrange coup du sort qui permet à Sénèque de mourir en parfaite conformité avec la doctrine stoïcienne...

Deux manuels du bonheur : *De la tranquillité de l'âme* et *De la vie heureuse*

Sénèque a rédigé ses deux « dialogues » – *De tranquillitate animi* et *De vita beata* – durant sa longue expérience du pouvoir. Le premier, autour de 53, alors qu'il participait au gouvernement de Claude, et le second

---

1. Agrippine avait épousé Claude en secondes noces.
2. Burrus fut également préfet du prétoire de 51 à 62 par la faveur d'Agrippine.
3. On appelle ainsi le groupe de conjurés, dirigé par Pison et comprenant notamment Pétrone, l'auteur du *Satiricon*, et le poète Lucain, qui tenta, en vain, de renverser Néron.

dans les années 57-58, sous Néron. C'est donc à partir de sa propre expérience que Sénèque aborde la question de l'engagement dans la vie publique et de sa compatibilité avec le bonheur.

Dans le premier, dédié à son ami Sérénus, Sénèque incite un jeune homme fort inquiet à entrer en politique. La vie politique, en effet, loin de troubler l'âme – cette tranquillité de l'âme, seule garante du bonheur, dépend entièrement de nous –, offre la possibilité d'aider les autres, idéal cher aux stoïciens, qui se considèrent comme de véritables « citoyens du monde[1] ». Dans ce prodigieux dialogue, Sénèque nous donne le remède infaillible à ce qui est présenté comme une maladie d'autant plus pernicieuse qu'elle semble anodine, la mélancolie : trouver cette tranquillité de l'âme qui naît d'une vie en accord avec la Nature, de l'acquiescement à ce qui advient. Fort de cette certitude, que tout ce qui advient est le fait de la Raison universelle, l'homme peut enfin se débarrasser de la mélancolie inhérente à nos désirs. Non que Sénèque nie qu'il y ait des biens souhaitables – il reprend au contraire la théorie stoïcienne des « neutres préférables », c'est-à-dire des biens que, telle la richesse ou la gloire, il vaut mieux posséder mais qui ne participent en rien au souverain bien –, mais à travers ce dialogue il exhorte son jeune ami, issu des classes aisées, ainsi que nous autres, lecteurs modernes, à hiérarchiser nos valeurs.

Le *De vita beata*, dédié à son frère aîné Gallion, est, bien qu'il nous soit parvenu mutilé, fortement teinté de polémique. Sénèque s'y défend avec véhémence, surtout

---

1. C'est la vieille idée, chère aux stoïciens grecs, de *kosmopoliteia*, que reprend Sénèque dans son dialogue (cf. p. 64) : « Aussi dans la hauteur de notre philosophie, au lieu de nous renfermer dans les murs d'une cité, sommes-nous entrés en communication avec le monde entier, et avons-nous adopté l'univers pour patrie... » (*patriamque nobis mundum professi sumus*). On sait quel succès a eu cette notion de la Renaissance à aujourd'hui.

à la fin du dialogue, contre ceux qui affirment qu'un philosophe ne devrait pas être riche. Et l'on subodore que Sénèque parle, ici aussi, d'expérience ! On sait par Tacite[1] (*Ann.*, XIII, 42) que le philosophe passait pour extrêmement cupide et qu'il était passé maître dans l'art de chasser les testaments et d'hériter de riches vieillards sans enfants... Il était en outre à la tête d'une impressionnante fortune ; aussi peut-on croire, à en juger par la violence et l'énergie qu'il met à se disculper, que l'opinion publique devait se plaire à souligner l'écart entre son train de vie et ses austères préceptes de philosophe. Sénèque use, dans son discours, de mille arguments pour se justifier. Mais ce serait faire une grossière erreur que de croire qu'il s'agit là de la défense, maladroite et ridicule, d'un personnage haut placé menacé dans ses intérêts ; ce dialogue, au contraire, est la pierre angulaire de l'œuvre d'un penseur qui, le premier sans doute, a osé se faire du philosophe l'image d'un homme *engagé*. Et cet idéal du philosophe politique, inscrit au cœur de la cité, est sûrement l'une des contributions les plus profondes de Sénèque à la pensée moderne.

Gilles Van Heems

---

1. Historien latin du Ier siècle apr. J.-C.

DE LA VIE HEUREUSE

Traduction d'un professeur de philosophie, 1883.

Difficultés pour arriver à la vie heureuse

Vivre heureux, mon frère Gallion[1], tel est le vœu de tous ; mais on s'aveugle sur les moyens qui peuvent sûrement réaliser le bonheur. Il n'est certes pas facile de parvenir à la vie heureuse, et on s'en éloigne d'autant plus que l'on court plus rapidement après elle, si l'on s'est trompé de chemin. Quand le chemin conduit en sens contraire, la vitesse même augmente la distance. Déterminons donc, avant tout, l'objet de nos désirs, et cherchons de tous côtés la route qui pourra nous y conduire le plus promptement. Nous comprendrons, sur cette route même, pourvu qu'elle soit droite, de combien chaque jour nous avançons et de combien nous approchons du but vers lequel nous pousse un désir naturel. Tant que nous errons çà et là, en suivant non pas un guide, mais un bruit confus et des cris discordants qui nous appellent vers des points opposés, notre vie se passe en égarements ; cette vie qui est si courte, lors même que jour et nuit on s'occuperait de son perfectionnement. Établissons donc le but de nos désirs et la

---

1. Sénèque s'adresse à son frère aîné, Novatus, qui prit le nom du rhéteur Junius Gallion, son père adoptif.

route à suivre ; ayons recours à un guide habile qui ait exploré les lieux que nous allons parcourir. Ce voyage ne ressemble pas aux autres. Dans ceux-là, en effet, un sentier tracé et les indigènes que l'on interroge vous empêchent de vous tromper ; tandis qu'ici le chemin le plus battu et le plus fréquenté est celui qui trompe le plus. Avisons donc surtout à ne point suivre comme un troupeau la foule qui nous précède, passant non par où il faut aller, mais par où l'on va.

La source de nos plus grands embarras, c'est l'habitude où nous sommes de nous façonner au gré de l'opinion, persuadés que ce qu'il y a de mieux, c'est ce que l'on reçoit avec grand assentiment et ce dont il y a des exemples nombreux : ce n'est point là une vie raisonnable, mais une vie d'imitation. De là cet énorme entassement de gens qui se précipitent les uns sur les autres. Dans un grand carnage, quand la foule s'amoncelle, nul ne tombe sans entraîner quelqu'un sur lui ; les premiers causent la perte de ceux qui les suivent. Voilà ce qu'on peut constater dans toute vie : nul ne s'égare pour lui seul ; on est la cause et l'auteur de l'égarement d'autrui. Le mal est qu'on se serre contre ceux qui marchent devant soi ; chacun aimant mieux croire que juger, jamais nous ne jugeons la vie, toujours nous nous en rapportons aux autres. Ainsi ballottés et abattus par l'erreur transmise de main en main, nous périssons victimes de l'exemple. Nous guérirons en nous séparant de la foule ; rebelle à la raison, le peuple défend sa maladie. Aussi arrive-t-il ce qui a lieu dans les comices, où ceux qui ont fait les prêteurs s'étonnent de leur choix, quand la mobile faveur a fait le tour de l'assemblée. Nos approbations et nos blâmes tombent sur les mêmes objets ; tel est le résultat de tout jugement qui dépend du plus grand nombre.

Il faut savoir se séparer de la foule

Quand il s'agit de la vie heureuse, n'allez pas, comme lorsqu'on se partage pour un vote, me répondre : « Ce côté me paraît le plus nombreux. » C'est pour ce motif qu'il est le pire. Le monde ne va pas si bien que ce qui vaut le mieux plaise au plus grand nombre ; la preuve du pire, c'est la foule. Examinons quel est le meilleur des actes, et non pas le plus ordinaire : ce qui peut nous donner une félicité permanente, et non point ce qui plaît au vulgaire, le pire interprète de la vérité. Sous le nom de vulgaire, je désigne ceux qui sont revêtus de la chlamyde et ceux qui portent couronne [1], car ce n'est point la couleur des habits que j'examine ; je n'en crois pas mes yeux pour juger un homme, j'ai une lumière meilleure et plus sûre pour discerner le vrai du faux : le bien de l'âme, c'est l'âme qui doit le trouver. Si jamais elle a le temps de respirer et de rentrer en elle-même, oh ! comme dans ses tourments elle s'avouera la vérité. « Tout ce que j'ai fait jusqu'à ce jour, se dira-t-elle, j'aimerais mieux ne l'avoir point fait ; quand je passe en revue toutes mes paroles, je porte envie aux êtres muets ; tous mes désirs, je les regarde comme autant d'impré- cations ennemies ; toutes mes craintes, grands dieux ! combien elles étaient meilleures que mes souhaits ! J'ai eu de nombreuses inimitiés, et de la haine je suis revenu à la bonne entente (si toutefois elle peut exister entre les méchants) ; je ne suis pas encore l'ami de moi-même. J'ai mis tous mes soins à me séparer de la foule et à me distinguer par quelque bonne qualité ; qu'ai-je fait que me présenter aux traits et offrir à la malveillance de quoi mordre ? Voyez-vous ces hommes qui vantent l'élo- quence, qui escortent la fortune, qui flattent la faveur,

---

1. La chlamyde est un manteau court et fendu, agrafé sur l'épaule. Sénèque désigne ainsi respectivement les personnages de tragédie et de comédie.

qui exaltent le pouvoir ? Ils sont tous des ennemis, ou, ce qui revient au même, ils peuvent l'être. Autant est nombreux le peuple des admirateurs, autant l'est celui des envieux. Je cherche de préférence un bien dont je puisse jouir, que je sente, et non que j'étale aux yeux. Ces objets que l'on regarde, devant lesquels on s'arrête, que l'on se montre avec étonnement, brillent à la surface et sont misérables au-dedans. »

Définition du bonheur

Cherchons un bien non pas apparent, mais solide, et de plus en plus beau à mesure qu'on le pénètre. Nous devons le déterrer. Il n'est pas loin, et on le trouvera ; il faut seulement savoir où porter la main. Actuellement nous passons, comme dans les ténèbres, au-delà de ce qui est près de nous, nous heurtant contre cela même que nous désirons.

Mais, pour ne pas traîner à travers des préambules, je passerai sous silence les opinions d'autrui, dont l'énumération et la réfutation seraient longues ; voici la nôtre. Quand je dis la nôtre, je ne m'attache pas à tel ou tel prince du stoïcisme, car j'ai moi aussi le droit d'opiner. Je serai donc de l'avis de l'un, tout en obligeant l'autre à diviser ; peut-être même, appelé à voter après tous, je ne désapprouverai rien de ce que les préopinants auront décidé, et je dirai : « Voici ce que je pense de plus. » En attendant, d'après l'opinion générale des stoïciens, je me prononce pour la nature des choses. Ne point s'en écarter, se former sur sa loi, sur son modèle : voilà la sagesse. La vie heureuse est donc celle qui s'accorde avec sa nature ; on ne peut l'obtenir que si d'abord l'esprit est sain et en possession constante de sa santé ; si de plus il est énergique et ardent, doué des plus belles qualités, patient, propre à toutes les circonstances, soigneux du corps et de ce qui s'y rapporte, mais sans trop de préoccupations ; s'il veille aux autres choses de la vie, sans s'étonner d'aucune ; s'il use des présents de la fortune sans en être l'esclave. Tous comprennent, sans que je l'ajoute, qu'il suit de là une perpétuelle tranquillité, ainsi que la liberté, puisqu'on a banni ce qui nous irrite ou nous fait peur. Au lieu des plaisirs et de ces jouissances mesquines et fragiles qui nuisent au sein même des désordres, s'établit une joie grande, inébranlable, égale ; l'âme se remplit alors de paix, d'harmonie, d'élévation, de douceur. De la faiblesse, en effet, vient toute humeur farouche.

Caractère du vrai bien

On peut encore définir autrement notre bien, c'est-à-dire énoncer la même opinion en termes différents. Une armée tantôt se met au large, et tantôt se serre sur un espace étroit ; tantôt elle arrondit son centre et se courbe en croissant, tantôt enfin elle se développe sur un front aligné ; quelle que soit sa disposition, elle a la même force et la même volonté de tenir bon pour la même cause. Ainsi la définition du souverain bien peut tantôt s'allonger et s'étendre, tantôt se resserrer et se réduire. Je puis donc exprimer la même pensée en disant : le souverain bien est une âme qui méprise le hasard et dont la vertu fait la joie ; ou bien c'est une invincible force d'âme connaissant les choses, calme dans l'action, pleine de bienveillance et d'attention dans ses rapports. Je puis encore définir l'homme heureux en disant que c'est celui pour lequel il n'y a d'autre bien ou d'autre mal qu'une âme bonne ou mauvaise, qui pratique l'honnêteté, se contente de la vertu, que le hasard ne saurait ni élever ni abattre, qui ne connaît pas de plus grand bien que celui qu'il peut se donner lui-même, l'homme enfin pour lequel le vrai plaisir sera le mépris des plaisirs. Vous pouvez, si vous aimez l'amplification, présenter la même pensée sous plusieurs formes, tout en gardant l'intégrité du fond. Qui nous empêche, en effet, de dire que la vie heureuse est une âme libre, élevée, intrépide et inébranlable, à l'abri de la crainte et du désir, pour laquelle il n'y a de bien que l'honnête, et de mal que la honte ? Le reste n'est qu'un vil amas de choses qui n'ôte ni n'ajoute rien à la vie heureuse, qui vient et s'en va sans accroître ni diminuer le souverain bien. Appuyé sur une telle base, l'homme doit nécessairement avoir, bon gré mal gré, une gaieté constante, une joie élevée et qui vienne d'en haut, sachant se complaire dans ce qui lui est propre, sans rien désirer de plus grand que ce qu'elle a chez elle. Pourquoi ne pas opposer cette résistance aux mouvements faibles, frivoles, variables d'un corps chétif ? Le jour où on se laissera dominer par le plaisir, on cédera aussi à la douleur.

Liberté du sage

Vous voyez à quel misérable esclavage sera réduit l'homme que domineront tour à tour les plaisirs et les douleurs, ces maîtres les plus capricieux et les plus absolus. Il faut donc s'élancer vers la liberté ; on ne la trouve que dans l'indifférence pour la fortune. Alors naîtra cet inestimable bien, le calme de l'esprit placé dans un asile sûr et sa haute élévation. Quand les terreurs seront bannies, la connaissance du vrai procurera une satisfaction grande et stable, la bienveillance et l'épanouissement de l'âme, jouissances qui pour le sage ne seront pas des biens, mais des produits de son bien.

Puisque j'ai commencé à me mettre à l'aise, je puis ajouter que l'homme heureux est celui qui, grâce à la raison, ne désire et ne craint rien. Les pierres et les bêtes sont à l'abri de la crainte et de la tristesse ; ce n'est pas néanmoins un motif pour appeler heureux des êtres qui n'ont pas l'intelligence du bonheur. Dites-en autant des hommes qui ont ravalé au rang de bêtes et de brutes une nature dégradée et l'ignorance de soi-même. Point de différence entre les premiers et ces dernières. Celles-ci n'ont pas de raison, tandis que chez ceux-là elle est dépravée, ingénieuse à leur nuire et à les jeter dans l'erreur. Nul ne saurait être appelé heureux s'il est jeté hors de la vérité. La vie heureuse est donc celle qui s'établit sur un jugement droit et sûr, celle qui est immuable. L'esprit est pur et délivré de tout mal quand il a échappé non seulement aux déchirures, mais même aux moindres atteintes ; il se tiendra toujours au point où il s'est arrêté, et défendra son poste contre le courroux et les attaques de la fortune. Quant au plaisir, en supposant qu'il nous enveloppe et nous pénètre par tous les pores, qu'il caresse l'âme par ses douceurs, et que, tirant les unes des autres, il sollicite ainsi et notre être tout entier, et les portions de nous-mêmes ; quel mortel, s'il lui reste encore quelque chose de l'homme, voudrait être chatouillé jour et nuit, et, sans souci de l'âme, ne s'occuper que du corps ?

Le plaisir n'est pas un élément du bonheur

« Mais l'âme aussi, me dit-on, aura ses plaisirs. » Soit ; qu'elle cède à la débauche, et, qu'arbitre des voluptés, elle se remplisse de tout ce qui fait le charme ordinaire des sens ; qu'elle jette ensuite un regard sur le passé ; que le souvenir des jouissances mauvaises la précipite de celles qui ont précédé à celles qui vont suivre ; qu'elle combine ses espérances, et que, tandis que le corps est plongé dans les grossiers plaisirs du présent, elle envoie ses aspirations vers l'avenir ; elle me semble en cela plus misérable, car prendre le mal pour le bien, c'est de la folie. Sans la saine raison, nul n'est heureux ; et on n'est pas sain d'esprit, quand au lieu des meilleurs biens on recherche ce qui est nuisible. L'homme heureux est donc celui qui a un jugement droit, qui se contente du présent, quel qu'il soit, et qui aime ce qu'il a ; celui auquel la raison rend agréable toute situation de fortune. Ceux qui ont fait consister le souverain bien dans le plaisir peuvent voir quelle honteuse place ils lui ont assignée. Aussi prétendent-ils qu'on ne peut pas séparer le plaisir de la vertu, et qu'on ne peut vivre honnêtement sans vivre heureux et réciproquement. Je ne vois pas comment des idées si disparates peuvent être coulées dans le même moule. Pourquoi, je vous prie, le plaisir ne pourrait-il pas se séparer de la vertu ? Parce que tout principe de bien découle de la vertu ; parce que de ses racines sort ce que vous aimez et ce que vous recherchez. Si le plaisir et la vertu étaient inséparables, nous ne verrions pas certaines choses agréables, mais déshonnêtes ; d'autres très honnêtes, mais pénibles et pleines d'amertume.

Différences entre le plaisir et la vertu

Ajoutez que le plaisir s'unit même à la vie la plus honteuse, tandis que la vertu n'admet pas une mauvaise vie. En outre, certains sont malheureux avec le plaisir ; bien plus, à cause du plaisir même. Il n'en serait pas ainsi si la vertu s'harmonisait avec le plaisir, dont souvent elle manque, dont jamais elle n'a besoin. Pourquoi réunir des objets distincts et même opposés ? La vertu est quelque chose de grand, d'élevé, de royal, d'invincible, d'infatigable ; le plaisir, au contraire, est bas, servile, énervé, chancelant ; sa place et sa demeure sont dans les lieux de débauche et les tavernes. La vertu, vous la trouverez dans le temple, au forum, dans la curie, debout sur les remparts, couverte de poussière, le teint hâlé, les mains calleuses ; le plaisir se dérobe d'ordinaire aux regards, et recherche les ténèbres ; vous le rencontrerez dans le voisinage des bains, des étuves et des lieux qui redoutent la présence de l'édile ; il est mou, lâche, humecté de vin et de parfums, pâle ou fardé, et souillé des préparations de la toilette. Le souverain bien est immortel, inaliénable ; il n'entraîne ni dégoût ni remords ; point de changement, en effet, dans un esprit droit ; il ne se prend pas en haine, il ne modifie point sa conduite, parce qu'il suit toujours ce qu'il y a de mieux. Le plaisir, au contraire, s'éteint au moment où il charme le plus. Il n'a que peu de place ; aussi la remplit-il bientôt ; il ennuie, et après le premier feu il languit. D'ailleurs il n'y a qu'incertitudes dans ce qui est naturellement condamné à l'agitation. Il ne peut donc pas y avoir de réalité dans ce qui vient et passe pour périr dans le propre usage de son être ; car il expire en atteignant son but, et chez lui la naissance n'est pas loin de la mort.

Le plaisir ne peut pas servir à caractériser les actions de l'homme

Mais quoi, le plaisir ne se trouve-t-il pas chez les bons et chez les méchants ? Car l'infâme ne se plaît pas moins dans ses turpitudes que l'honnête homme dans ses belles actions. Voilà pourquoi les anciens ont prescrit de mener la vie la meilleure et non la plus agréable ; droite et bonne, la volonté aura ainsi le plaisir non pour guide, mais pour compagnon. La nature, en effet, doit nous servir de guide ; c'est elle que la raison observe et consulte. Il n'y a donc point de différence entre vivre heureux et vivre selon la nature. En quoi cela consiste, le voici : il faut conserver avec soin et intrépidité les avantages du corps, comme des présents faits pour un jour et prêts à fuir ; il ne faut point subir leur esclavage, ni nous laisser posséder par des objets étrangers ; il faut reléguer tout ce qui plaît au corps et ce qui lui arrive accidentellement à la place où l'on met dans les camps les auxiliaires et les troupes légères. Que ces objets soient des esclaves et non des maîtres ; à cette condition seule ils sont utiles à l'esprit. En face des choses du dehors, l'homme de cœur doit rester incorruptible, inexpugnable ; il doit n'observer que lui seul ; que, plein de confiance, il sache être prêt à l'une et à l'autre fortune et devienne ainsi l'artisan de sa vie. Que la confiance chez lui ne se sépare pas du savoir, ni le savoir de la constance ; que ses résolutions persistent une fois prises, et que dans ses décisions il n'y ait pas de rature. On comprend, sans que je le dise, qu'un tel homme aura du calme, de l'ordre et de la majesté, tout en agissant avec bienveillance. La vraie raison sera greffée sur les sens, et y prendra ses éléments ; elle n'a pas, en effet, d'autre point d'appui pour s'élancer, prendre son essor vers le vrai et revenir à elle. Le monde aussi, qui embrasse tout, ce Dieu qui régit l'univers, tend à s'extérioriser, et pourtant il revient de toutes parts sur lui-même. Notre esprit doit l'imiter : lorsque à l'aide des sens dont il dispose il se sera étendu vers les objets extérieurs, qu'il soit maître d'eux et de lui-même et qu'il enchaîne, pour ainsi dire, le souverain bien. Ainsi il acquerra une force, une puissance unique, d'accord avec elle-même ; ainsi naîtra cette raison certaine, sans inconséquence, sans hésitation dans ses opinions, dans ses jugements ni dans ses persuasions. Quand elle s'est arrangée, accordée avec ses parties, et, pour ainsi dire, mise au ton, cette raison est arrivée au souverain bien. Plus rien, en effet, de tortueux ni de glissant où elle puisse chanceler ou tomber. Elle fera tout de son autorité propre ; elle ne connaîtra point d'accident inopiné, et toutes ses actions tourneront à bien avec aisance et promptitude, sans tergiversation chez celui qui agit ; car l'inertie et l'hésitation décèlent l'irrésolution et l'inconstance. Proclamez donc hardiment que le souverain bien est l'harmonie de l'âme. La vertu se trouve nécessairement avec l'harmonie et l'unité ; le désaccord est pour le vice.

La vertu se suffit à elle-même

« Mais vous-même, nous dit-on, vous ne cultivez la vertu que parce que vous en attendez quelque plaisir. » En premier lieu, lors même que la vertu procurerait le plaisir, on ne la recherche point pour ce motif ; car le plaisir n'est pas le résultat immédiat mais accessoire de la vertu ; ensuite ce n'est pas pour lui qu'elle travaille ; elle le rencontre en tendant vers un autre but. Dans un champ labouré pour la moisson, quelques fleurs se mêlent à cette dernière ; ce n'est pourtant pas pour ces petites plantes, bien qu'elles charment l'œil, qu'on s'est donné tant de peine : autre a été le but du cultivateur ; elles viennent par surcroît ; ainsi le plaisir n'est ni le prix ni le motif de la vertu, mais bien l'accessoire ; et ce n'est point pour ses charmes qu'il est agréé de la vertu mais il a des charmes parce qu'elle l'agrée. Le souverain bien repose sur le jugement même et sur la disposition d'un esprit excellent ; lorsque ce dernier a tracé son cercle d'action et qu'il s'est retranché dans ses limites, le souverain bien est complet, il ne lui manque plus rien. Il n'y a rien, en effet, hors du tout, pas plus qu'au-delà de la fin. C'est donc une erreur de votre part de me demander pourquoi je recherche la vertu, car vous cherchez un point au-dessus du sommet. Tous me demandent ce que j'attends de la vertu. Elle-même ; elle ne possède, en effet, rien de mieux, elle est elle-même son prix. Est-ce peu que de vous dire : le souverain bien est l'inébranlable fermeté de l'âme, sa prévoyance, sa pénétration, sa santé, sa liberté, son harmonie et sa beauté ? Exigez-vous un but plus élevé pour y faire rapporter ses vertus ? Pourquoi me parler de plaisir ? Je cherche le bonheur de l'homme et non celui du ventre [1], qui chez les bêtes et les brutes a plus de capacité que chez nous.

Le sage sait modérer le plaisir quand il le rencontre

« Vous êtes de mauvaise foi, me répond l'épicurien. Je prétends, en effet, qu'on ne peut point vivre agréable-

---

1. Sénèque fait ici allusion à la théorie d'Épicure, pour qui le ventre est le siège des voluptés.

ment sans vivre honnêtement, ce que ne peuvent ni les brutes ni ceux qui mesurent leur bien sur la nourriture. Je l'atteste d'une manière intelligible et publique : la vie que j'appelle agréable est inséparable de la vertu. » Mais qui ne sait que ceux qui jouissent le plus de vos plaisirs sont les plus insensés, que le dérèglement nage dans les jouissances, que l'âme elle-même suggère des genres de plaisirs non seulement dépravés, mais nombreux. Elle vous inspire surtout l'insolence, une trop grande estime de vous-même, un orgueil qui veut tout dépasser, un attachement aveugle et imprudent à tout ce qui vous appartient, les raffinements de la mollesse, les tressaillements de la joie pour des motifs insignifiants et puérils, le ton railleur, une arrogance qui se plaît aux insultes, la nonchalance et les langueurs d'une âme indolente qui s'endort sur elle-même. Tous ces vices, la vertu les dissipe ; elle réveille l'âme et apprécie les plaisirs avant de les admettre ; elle fait très peu de cas de ceux qu'elle approuve (car elle se borne à les recevoir), et s'applaudit non point de l'usage qu'elle en fait, mais des limites qu'elle leur prescrit ; tandis que votre tempérance, en diminuant les plaisirs, fait injure au souverain bien. Vous vous abandonnez au plaisir, et moi je lui mets un frein ; vous en jouissez, et j'en use ; vous le regardez, comme le souverain bien, et je ne le considère même pas comme un bien ; vous faites tout pour lui, et moi, rien.

Impuissance de la sagesse épicurienne

Quand je dis moi, je parle du sage, à qui seul vous accordez le plaisir. Mais je n'appelle point sage celui qui est inférieur à quelque chose, et encore moins au plaisir. Sous cette domination, comment résistera-t-il à la fatigue, aux dangers, à l'indigence et à tant de menaces qui grondent autour de la vie humaine ? Comment supportera-t-il la vue de la mort et de la douleur, le fracas de l'univers et tant d'ennemis redoutables, après s'être laissé vaincre par un ennemi si faible ? Il réglera sa conduite sur les conseils du plaisir ; et que de conseils ne lui donnera-t-il pas ! « Il ne peut, dites-vous, lui en donner de honteux, parce qu'il s'associe à la vertu. » Qu'est-ce donc qu'un souverain bien qui a besoin de surveillant pour être un bien ? Mais comment la vertu guidera-t-elle le plaisir qu'elle suit, puisque suivre est un signe d'obéissance, et régir, une marque de commandement ? Vous placez le commandant en arrière. Le bel emploi que vous donnez à la vertu, celui de faire l'essai des plaisirs ! Mais nous verrons si la vertu existe encore pour ceux qui l'ont si outrageusement traitée ; elle ne peut conserver son nom, si elle a perdu son rang. Il ne s'agit pour le moment que de vous montrer beaucoup d'hommes environnés de plaisirs, comblés de tous les dons de la fortune, et que vous serez pourtant forcé de taxer de méchanceté. Voyez Nomentanus[1] et Apicius[2] : ils cherchent avec avidité ce qu'ils nomment les biens de la terre et des mers, et sur leur table ils passent en revue les animaux de tous les pays. Voyez-les attendre leur souper sur un lit de roses, charmer leurs oreilles par le son des voix, leurs yeux par des spectacles et leur palais par des saveurs exquises. Des coussins doux et moelleux chatouillent tout leur corps ; et, pour que l'odorat ne reste pas oisif pendant ce temps, on embaume de parfums le lieu même où l'on sacrifie à la débauche. Voilà des hommes que vous croirez au sein des plaisirs ; et cependant ils ne sont pas heureux, parce qu'ils ne jouissent pas du vrai bien.

---

1. Nomentanus est vraisemblablement le débauché cité par Horace dans les *Satires*.
2. Apicius est l'auteur d'un *Art culinaire* au Ier siècle.

Dégradation de la morale épicurienne

« Ils seront malheureux, dit-on, parce qu'il survient beaucoup d'événements qui troublent l'âme, et que des opinions contradictoires bouleversent l'esprit. » J'en conviens ; mais néanmoins ces insensés, ces fantasques, placés sous le coup du repentir, goûtent des plaisirs considérables ; et il faut avouer qu'ils sont alors aussi loin de tout chagrin que de la sagesse, et qu'ils ont, comme la plupart des fous, une folie gaie qui éclate par le rire. Au contraire, les plaisirs du sage sont calmes, modestes et presque languissants, contenus et à peine sensibles. Ils viennent sans être appelés ; et quand ils se présentent d'eux-mêmes, le sage ne les reçoit pas avec honneur, il les accueille sans en témoigner aucune joie. Il les mêle et les associe à la vie comme le jeu et les amusements aux affaires sérieuses. Qu'on cesse donc d'allier des éléments incompatibles, et d'envelopper le plaisir dans la vertu par un vicieux assemblage qui flatte les hommes les plus corrompus. Cet homme, enfoncé dans les plaisirs, qui se traîne dans une ivresse continuelle, parce qu'il vit avec le plaisir, croit vivre aussi avec la vertu ; il prétend qu'on ne peut les séparer, décore ses vices du nom de sagesse, et étale ce qu'il faut cacher. Ce n'est point Épicure qui les pousse à la débauche ; mais, adonnés aux vices, ils les cachent dans le sein de la philosophie, et courent en foule vers le lieu où ils entendent louer la volupté. Ce n'est pas non plus le plaisir d'Épicure qu'ils apprécient, car il est, à mon avis, sobre et austère ; mais ils accourent au nom seul, ne cherchant qu'un patronage et un voile pour leurs passions. Ils perdent ainsi l'unique bien qu'ils avaient dans leurs maux, la honte de mal faire. Ils louent, en effet, ce dont ils rougissaient, et se glorifient de leurs désordres ; aussi ne peut-on plus se relever, même dans l'ardeur de la jeunesse, du jour où une honteuse nonchalance s'est parée d'un titre honnête. Ce qui rend pernicieuse cette apologie du plaisir, c'est que l'honnêteté des préceptes reste cachée, tandis que le principe de la corruption se montre.

Dangers de la doctrine d'Épicure

Je pense et je déclare, malgré les philosophes de notre école, que les préceptes d'Épicure sont purs, droits et même austères, si on les examine de près, car son plaisir est enfermé dans les bornes les plus étroites. La loi que nous imposons à la vertu, il la prescrit au plaisir. Il exige qu'elle obéisse à la nature ; mais ce qui suffit à la nature est peu pour la débauche. Qu'est-ce à dire ? Tout homme qui met le bonheur dans une molle oisiveté, ou dans l'alternative de la gourmandise ou de la débauche, cherche un bon garant pour une mauvaise cause. Attiré par une enseigne séduisante, il suit le plaisir, non pas celui dont il entend parler, mais celui qu'il apporte lui-même ; et, une fois persuadé que ses vices sont conformes aux préceptes du maître, il s'y abandonne sans crainte et sans pudeur, et se plonge dans la débauche à visage découvert. Je ne dis point, par conséquent, comme la plupart des nôtres, que la secte d'Épicure est une école de débauche ; mais je dis qu'elle a mauvaise réputation, et qu'elle est injustement décriée. Comment le savoir, si on n'y est pas entré profondément ? Sa façade donne lieu à des bruits populaires, et fait concevoir de coupables espérances. C'est un homme de cœur revêtu d'une robe de femme. Avec une pudeur qui ne se dément point vous sauvegardez les droits de la vérité ; votre corps n'admet pas de souillure, mais vous avez à la main un tambourin[1]. Choisissez donc un titre honnête et une enseigne capable d'exciter l'âme à repousser des vices qui l'énervent aussitôt qu'ils l'atteignent. En vous appro-

---

1. Sénèque évoque ici les prêtres de Cybèle, habillés de vêtements féminins, à qui on prêtait des mœurs contre-nature.

chant de la vertu, vous avez donné l'espérance d'un géné-
reux naturel ; si vous poursuivez le plaisir, vous passez
pour un homme énervé, dissolu, efféminé, prêt à tomber
dans tous les dérèglements, à moins que quelqu'un ne
vous fasse distinguer entre les plaisirs ceux qui s'enfer-
ment dans les besoins naturels de ceux qui précipitent
dans l'abîme, et qui sont infinis et d'autant plus insatia-
bles, qu'on les rassasie davantage. Que la vertu marche
donc en avant ; il y aura sûreté complète sur ses traces.
L'excès du plaisir est nuisible ; point d'excès à craindre
dans la vertu, parce qu'elle est la juste mesure. Ce qui
souffre de sa propre grandeur n'est pas un bien.

Dernier mot contre Épicure

Vous avez reçu en partage une nature raisonnable,
que pouvez-vous donc vous proposer de mieux que la
raison ? Si pourtant l'union du plaisir et de la vertu vous
plaît ; si vous voulez aller à la vie heureuse en cette com-
pagnie, que la vertu marche en avant, que le plaisir la
suive, en tournant comme l'ombre autour du corps. Mettre aux gages du plaisir la vertu, le plus beau des biens,
c'est faire preuve d'une profonde bassesse. Que la vertu
soit la première, qu'elle porte l'étendard, nous jouirons
néanmoins du plaisir, mais nous en serons les maîtres
et les modérateurs ; il nous arrachera quelque chose par
prière, mais rien par violence. Mais ceux qui placent le
plaisir au premier rang, perdent l'un et l'autre : ils sont
privés de la vertu sans posséder le plaisir, qui les possède
eux-mêmes ; est-il absent, ils sont dans les tortures ;
abonde-t-il, ils sont suffoqués ; malheureux s'ils en sont
privés, plus malheureux quand il les accable, comme des
navigateurs surpris dans la mer des Syrtes [1], et qui tantôt

---

1. Le golfe de la grande Syrte est l'actuel golfe de Libye aux bas-fonds
dangereux, formé par la Méditerranée, qui borde une partie des côtes
de la Tripolitaine et de la Cyrénaïque.

restent à sec, tantôt flottent au gré des vagues. La cause en est dans une excessive intempérance et un amour aveugle des richesses ; quand on recherche le mal au lieu du bien, il est dangereux d'atteindre son but. Les bêtes féroces, dont la poursuite a coûté des fatigues et des dangers, causent encore des inquiétudes quand elles sont prises, car souvent elles déchirent leurs maîtres ; de même la jouissance des plus grands plaisirs a souvent conduit aux plus grands maux, et tout en se laissant prendre, ils prennent eux-mêmes. Plus ces plaisirs sont nombreux et grands, plus celui que le vulgaire appelle heureux est petit, et plus ses maîtres sont multiples. Poursuivons la comparaison : celui qui traque les bêtes féroces dans leurs repaires, qu'il s'estime heureux « de les prendre dans des pièges, d'entourer avec ses chiens de vastes forêts », afin de suivre leurs traces, abandonne des objets préférables, et renonce à une foule de devoirs ; ainsi celui qui court après le plaisir rejette tout le reste, néglige en premier lieu sa liberté, et se rend esclave de son ventre ; il n'achète pas le plaisir, mais il se vend à lui.

Examen de la théorie péripatéticienne

« Qui empêche cependant, me dit-on, la vertu et le plaisir de se confondre et de faire que le souverain bien soit l'union de l'honnête et de l'agréable ? » Il ne peut y avoir une partie de l'honnête qui ne soit l'honnête même ; et le souverain bien n'aura pas sa pureté s'il voit en lui quelque chose qui diffère de ce qui est le meilleur. La joie même qui provient de la vertu, quoiqu'elle soit un bien, ne fait pourtant point partie du bien absolu, pas plus que le contentement et la tranquillité, quoiqu'ils naissent des plus beaux motifs. Ce sont là des biens, en effet, mais la conséquence et non le complément du sou- verain bien. Mais celui qui associe le plaisir et la vertu, et qui ne leur donne même pas des droits égaux, détruit par la fragilité de l'un de ces biens tout ce qu'il y a de vigueur dans l'autre, et met sous le joug cette liberté, qui n'est invincible que si elle ne voit rien au-dessus d'elle. On commence alors à avoir besoin de la fortune, ce qui est le plus dur esclavage ; vient ensuite la vie inquiète, soupçonneuse, alarmée, effrayée des événements, s'agitant au gré des circonstances. Vous ne donnez pas à la vertu une base solide et fixe, vous voulez qu'elle reste ferme sur un appui chancelant. Quoi de plus chancelant, en effet, que l'attente des biens fortuits, que les changements qui se produisent dans le corps et dans tout ce qui l'affecte ? Comment obéir à Dieu, accepter avec résignation tout ce qui arrive, ne point se plaindre du destin, interpréter favorablement ses mésaventures, quand on est agité par les moindres piqûres du plaisir et de la douleur ? On est, de plus, un mauvais gardien ou un mauvais vengeur de la patrie, un mauvais défenseur de ses amis, quand on penche vers le plaisir. Que le souverain bien s'élève donc à une hauteur telle, qu'aucune force ne puisse l'en arracher, à une hauteur inaccessible à la douleur, à l'espérance, à la crainte, à tout objet qui pourrait altérer sa condition. Mais cette hauteur, la vertu seule peut l'atteindre ; son pas seul peut gravir de tels escarpements ; elle tiendra ferme et supportera tous les événements non seulement avec patience, mais avec plaisir ; elle saura que toute situation pénible est une loi de la nature. Comme un bon soldat supporte les blessures, compte les cicatrices, et, percé de traits, aime encore en mourant le général pour lequel il expire, la vertu aura toujours dans l'âme ce vieux précepte : suis Dieu. Quiconque se plaint, pleure et gémit, est forcé néanmoins d'obéir et d'exécuter malgré lui les ordres qu'on lui prescrit. Quelle folie de se faire traîner plutôt que de suivre ! C'est comme si par démence ou ignorance de votre condition, vous vous affligiez de ce qu'il vous arrive quelque chose de pénible, comme si vous étiez surpris ou indigné des accidents qui frappent les bons et les méchants, je veux dire la maladie, la mort, les infirmités et les autres misères qui s'abattent sur la vie humaine. Toutes ces souffrances que la loi de l'univers nous inflige, qu'un puissant effort les arrache de l'âme. Nous nous sommes engagés par serment à supporter la condition des mortels et à voir sans trouble ce qu'il n'est pas en notre pouvoir d'éviter. Nous sommes nés dans un royaume, l'obéissance à Dieu, telle est notre liberté.

Bonheur du sage stoïcien

C'est donc sur la vertu que repose le vrai bonheur. Que vous conseillera-t-elle ? De ne regarder comme bien ou comme mal que ce qui dépend de la vertu ou du vice ; d'être inébranlable en face d'un mal provenant du bien, et d'imiter Dieu autant que vous le pourrez. Que vous promet-elle pour une pareille entreprise ? Des avantages immenses, égaux à ceux de la divinité. Vous ne serez forcé à rien, vous ne manquerez de rien, vous serez libre, inattaquable, à l'abri de toute perte ; toutes vos entreprises réussiront ; vous ne rencontrerez pas d'obstacle ; tout ira au gré de vos désirs. Pour vous point de revers, rien qui contrarie votre opinion et votre volonté. Qu'est-ce donc ? La vertu suffit-elle pour le bonheur ? Parfaite et divine comme elle est, pourquoi ne suffirait-elle pas ; pourquoi ne serait-elle même pas plus que suffisante ? Que peut-il, en effet, manquer à l'homme qui s'est placé en dehors de tout désir ? Qu'a-t-il besoin des biens extérieurs celui qui a rassemblé en lui-même tout ce qui lui est propre ? Mais celui qui marche vers la vertu, bien qu'il ait fait beaucoup de chemin, a néanmoins besoin de quelque indulgence de la fortune, tandis qu'il lutte encore contre les embarras humains, jusqu'à ce qu'il ait pu défaire ce nœud et rompre tout lien mortel. Quelle différence donc entre lui et le reste des hommes ? C'est que les uns sont liés, d'autres enchaînés, d'autres enfin garrottés. Celui qui a pris son essor

31

et s'est élevé au-dessus des autres, traîne une chaîne lâche ; il n'est pas encore libre, mais il approche de la liberté.

La vertu consiste à détruire chaque jour quelque vice

Si un détracteur de la philosophie vient me dire suivant la coutume : « Pourquoi vos discours sont-ils plus énergiques que votre vie ? Pourquoi ce ton soumis avec vos supérieurs ? Pourquoi regardez-vous l'argent comme nécessaire ? Pourquoi vous troublez-vous pour un dommage ? Pourquoi ces larmes à la nouvelle de la mort d'une épouse ou d'un ami ? Pourquoi cette préoccupation de la renommée ? Pourquoi ces impressions produites chez vous par des discours malins ? Pourquoi votre campagne est-elle plus soignée que ne l'exige l'usage prescrit par la nature ? Pourquoi vos repas ne sont-ils pas conformes à vos préceptes ? Pourquoi ces meubles éclatants, ces vins plus vieux que vous-même ? D'où vient que l'on arrange votre maison et que l'on plante des arbres qui ne donneront que de l'ombre ? Pourquoi votre femme porte-t-elle à ses oreilles le revenu d'une maison opulente ? Pourquoi vos esclaves sont-ils vêtus d'étoffes précieuses ? Pourquoi le service est-il chez vous un art ? Pourquoi votre argenterie n'est-elle pas placée au hasard, mais habilement soignée ? Pourquoi ce maître dans l'art de découper ? » Ajoutons, si vous voulez : « Pourquoi ces possessions d'outre-mer ? Pourquoi ces biens que vous ne connaissez même pas ? C'est une honte d'être négligent au point de ne pas connaître vos esclaves, si vous n'en avez que quelquesuns, ou fastueux au point d'en avoir trop pour que la mémoire puisse en garder le souvenir. » Je vous aiderai dans un instant et m'adresserai plus de reproches que vous ne pensez ; pour le moment, voici ma réponse : Je ne suis pas un sage, et même, pour donner pâture à votre malveillance, je ne le serai jamais. Ce que j'exige de moi, c'est non point d'égaler les meilleurs, mais de valoir mieux que les méchants ; il me suffit de retrancher chaque jour quelque chose de mes défauts et de gourmander mes erreurs. Je ne suis point parvenu à la santé ; je n'y parviendrai même pas ; ce sont des palliatifs plutôt que des remèdes pour ma goutte que je cherche, satisfait si ses accès deviennent plus rares et moins douloureux. Comparativement à vous, je suis un petit coureur.

Réponse à une objection

Ce n'est pas pour moi que je parle ainsi, car je suis plongé dans un abîme de vices, mais pour celui qui a fait quelque progrès. « Vous parlez, me dit-on, d'une manière, et vous vivez d'une autre. » Esprits pleins de malice, ennemis de tout homme de bien, sachez que ces reproches ont été faits à Platon, à Épicure et à Zénon, car tous ces philosophes disaient non pas comment ils vivaient eux-mêmes, mais comment il fallait vivre. C'est de la vertu et non de moi que je parle et quand je fais le procès aux vices, je commence par les miens ; quand je pourrai, je vivrai comme il faut. Cette méchanceté colorée de beaucoup de fiel ne me détournera point de la vertu ; et ce poison que vous répandez sur les autres, et qui vous tue, ne m'empêchera pas de continuer à louer la vie que je sais qu'il faut mener, non celle que je mène, d'adorer la vertu, et de me traîner de loin sur ses traces. Attendrai-je par hasard qu'il y ait quelque chose d'inviolable pour une malignité qui n'épargna ni Rutilius[1] ni Caton[2] ? Et qui donc ne semblerait pas trop riche à ceux

---

1. Publius Rutilius Rufus, général et jurisconsulte romain (154-78 av. J.-C.). « Saint laïque », il fut légat en Asie, où il réprima les malversations des chevaliers, ce qui lui valut de s'attirer de sévères inimitiés.
2. Caton, dit l'Ancien ou le Censeur. Homme politique romain (234-149 av. J.-C.), il fut censeur en 184 av. J.-C.

qui n'ont pas trouvé Démétrius le Cynique[1] assez pauvre ? Cet homme intrépide, luttant contre toutes les exigences de la nature, plus pauvre que les autres cyniques qui s'interdisaient la possession, car il s'interdit encore la demande, cet homme, à leur avis, n'est pas assez indigent. C'est que, voyez-vous, il n'a pas professé la doctrine de la vertu, mais celle de l'indigence.

La théorie de la vertu est plus facile que la pratique

Diodore[2], philosophe épicurien, vient de terminer ses jours par un suicide ; on prétend qu'il a violé la doctrine du maître en se coupant la gorge. Les uns veulent voir dans son acte une folie, les autres une témérité. Pour lui, heureux et plein du sentiment d'une bonne conscience, il s'est rendu témoignage en mourant, il a vanté le repos d'une vie passée dans le port et à l'ancre. Il a dit (et vous l'avez entendu à contrecœur, comme si vous étiez obligé de l'imiter), il a dit : « J'ai vécu, et la carrière que m'avait donnée le destin, je l'ai fournie. » Vous attaquez la vie de l'un, la mort de l'autre ; le nom seul d'un homme recommandable par quelque mérite éclatant vous fait japper comme des petits chiens à la rencontre d'un inconnu. Vous avez intérêt à ce que nul ne paraisse bon, comme si la vertu d'autrui était la censure de vos méfaits. Malgré vous, vous comparez leur éclat avec vos souillures, sans comprendre combien cette hardiesse vous est préjudiciable. Si, en effet, les partisans de la vertu sont avares, libertins, ambitieux, qu'êtes-vous donc, vous à qui le nom de la vertu est odieux ? Vous prétendez qu'aucun d'eux ne conforme sa vie à sa doc-

---

1. Philosophe grec du Ier siècle. S'étant rendu à Rome, il devint l'ami de Thraséas et de Sénèque. Exilé ensuite par Néron puis par Vespasien, il recommandait la pratique de la vertu.
2. Philosophe grec du IIe siècle av. J.-C. Épicure tenait le suicide pour inutile, puisqu'on ne se suicidait jamais que par peur de la mort.

trine. Quoi d'étonnant, puisqu'ils ne parlent que de courage, de vertus sublimes, de mépris absolu de tous les événements humains, quand ils s'efforcent de s'arracher à ces croix dans lesquelles chacun de vous enfonce lui-même des clous ? Ceux que l'on condamne au supplice ne sont suspendus qu'à un seul gibet, tandis que ceux qui se châtient eux-mêmes en attaquant les autres ont autant de croix que de passions, et, dans leur malignité, ils trouvent encore à s'égayer en outrageant le prochain : je croirais qu'ils en ont le loisir, s'il n'y avait pas des gens qui du haut de leur gibet crachent sur les spectateurs.

Il faut tenir compte au philosophe de ses bonnes intentions

« Les philosophes ne font pas ce qu'ils disent. » Ils font cependant beaucoup en parlant et en concevant des idées honnêtes. S'ils conformaient leur vie à leurs discours, quelle félicité serait préférable à la leur ? Il n'y a pas lieu, en attendant, de mépriser de bonnes paroles et de beaux sentiments qui remplissent le cœur. Les études salutaires, indépendamment même du résultat, méritent nos éloges. Est-il étonnant qu'on n'atteigne pas le sommet, quand on a entrepris une route escarpée ? Ces hommes, lors même qu'ils tombent, admirez-les à cause de leur noble entreprise. Il est beau de considérer moins ses propres forces que celles de la nature, de s'efforcer d'arriver haut, et de concevoir des projets qui dépassent la portée des esprits même les plus élevés. Que s'est proposé un tel homme ? « J'entendrai, dit-il, mon arrêt de mort du même air que je le prononcerai et que je le verrai exécuter ; je me soumettrai aux travaux, quels qu'ils soient ; mon âme soutiendra mon corps. Je mépriserai les richesses, soit présentes, soit absentes, sans être plus triste si elles sont ailleurs que chez moi, ni plus fier si elles brillent autour de ma personne ; je ne serai sensible ni à l'arrivée ni à la retraite de la fortune ; je regarderai toutes les terres des autres comme m'appartenant, et les miennes comme appartenant à tous ; je vivrai persuadé que je suis né pour les autres, et j'en rendrai grâce à la nature des choses. Que pouvait-elle, en effet, faire de mieux pour moi ? Elle m'a donné à tout le monde et tout le monde à moi. Quels que soient mes biens, je ne les garderai point en avare, ni ne les dissiperai en prodigue ; je ne croirai vraiment posséder que ce que j'aurai bien donné ; je ne compterai ni ne pèserai mes bienfaits ; je les apprécierai d'après le mérite de celui qui les recevra ; je ne croirai pas avoir fait beaucoup, s'il en est digne. Rien pour l'opinion, tout pour la conscience dans mes actes ; je croirai avoir le public pour témoin quand j'agirai sous ma seule surveillance. Mon but dans le manger et le boire sera de calmer les exigences de la nature, et non point de remplir et de vider mon estomac. Gracieux pour mes amis, doux et facile pour mes ennemis, je serai fléchi avant d'être prié, j'irai au-devant des demandes honnêtes. Je saurai que ma patrie c'est le monde, et que les dieux en sont les maîtres ; qu'ils se trouvent au-dessus et autour de moi, censeurs de mes actes et de mes paroles. Quand il plaira à la nature de redemander mon âme, ou à la raison de la renvoyer, je partirai avec le témoignage d'avoir aimé la bonne conscience et les études honnêtes, de n'avoir diminué la liberté de personne et de n'avoir vu la mienne restreinte par personne. »

L'envie reproche au sage de ne pas mépriser les choses qui, d'après lui, ne sont pas des biens

Celui qui se proposera un tel but, le voudra, le tentera, s'acheminera vers les dieux, et, s'il n'atteint pas ce but, « au moins il tombera de haut ». Quant à vous, qui haïssez la vertu et son adorateur, vous ne faites rien de nouveau, car les yeux malades redoutent le soleil, et l'éclat du jour est odieux aux animaux nocturnes ; le premier rayon les épouvante ; ils vont çà et là s'enfoncer dans leurs retraites, et se cachent dans quelques trous parce qu'ils ont peur de la lumière. Criez donc, exercez votre malheureuse langue à injurier les gens de bien ; poursuivez, mordez, vous casserez vos dents beaucoup plus tôt que vous ne les enfoncerez. « Pourquoi cet ami de la philosophie mène-t-il une vie si opulente ? Pourquoi possède-t-il des richesses, tout en disant qu'il faut les dédaigner ? La vie, pense-t-il, est méprisable, et cependant il vit ; la santé est indifférente, et pourtant il la ménage avec le plus grand soin ; la meilleure est celle qu'il préfère. L'exil n'est encore, d'après lui, qu'un vain nom. Le grand malheur, dit-il, de changer de pays ! Et pourtant, s'il le peut, il vieillit dans sa patrie. Entre la plus longue et la plus courte vie il n'établit aucune différence, et néanmoins, si rien ne s'y oppose, il prolonge ses jours, et, dans une vieillesse avancée, il conserve paisiblement sa verdeur. » Quand il dit qu'il faut mépriser ces biens, ce n'est pas afin de s'en priver, mais d'en jouir sans inquiétude ; il ne les chasse pas, mais s'ils s'en vont, il les voit partir sans trouble. Où la fortune peut-elle déposer plus sûrement ses richesses que chez celui qui les lui rendra sans se plaindre ? M. Caton[1], lorsqu'il louait Curius[2], Coruncanius[3] et ce siècle où la possession de quelques petites lames d'argent était un motif d'accusation pour les censeurs, Caton avait lui-même quatre millions de sesterces ; il possédait sans doute moins que Crassus[4], mais plus que Caton le Censeur[5]. Si on met leur fortune en parallèle, celle de M. Caton dépasse beaucoup plus celle de son bisaïeul, qu'elle n'est

_____

1. Caton d'Utique, stoïcien.
2. Curius Dentatus, consul romain du IIIe siècle av. J.-C., resté célèbre pour son désintéressement.
3. Magistrat et jurisconsulte romain du IIIe siècle av. J.-C.
4. Homme politique et général romain du Ier siècle av. J.-C. Partisan de Sylla, il acquit ses richesses aux dépens des proscrits.
5. Caton le Censeur était l'arrière-grand-père de Caton d'Utique.

elle-même dépassée par celle de Crassus. Et pourtant, s'il était échu au premier plus de biens, il ne les aurait pas dédaignés car le sage ne se croit indigne d'aucun présent de la fortune. Il n'aime pas les richesses, mais il les préfère ; il ne leur ouvre pas son cœur, mais sa maison ; il ne rejette pas celles qu'il possède, mais il en modère l'usage, et les accepte comme un moyen de plus fourni à sa vertu.

La sagesse ne consiste pas à mépriser les biens de la fortune, mais à en faire un bon usage

Peut-on douter que le sage ne trouve plus à déployer son âme dans les richesses que dans la pauvreté ? Cette dernière ne comporte qu'un genre de vertu, qui consiste à ne pas plier, à ne point se laisser abattre, taudis que les richesses ouvrent un vaste champ à la tempérance, à la libéralité, à l'exactitude, à l'économie, à la magnificence. Le sage ne se méprisera pas, fût-il même de la plus petite taille ; il voudra néanmoins être grand ; quoique grêle et privé d'un œil, il aura sa valeur ; il aimera mieux néanmoins un corps robuste. Il n'oubliera pas qu'en lui se trouve une autre énergie plus puissante ; il supportera la mauvaise santé, tout en désirant la bonne. Il est, en effet, certains avantages, tellement modiques relativement à l'ensemble, qu'on pourrait les supprimer sans détruire le bien principal, et qui néanmoins ajoutent quelque chose à cette joie constante qui naît de la vertu. Les richesses procurent au sage une émotion et un contentement semblables à ceux que donne au navigateur un bon vent qui le pousse, semblables à ceux que nous donne un beau jour et, dans les frimas de l'hiver, un lieu exposé au soleil. Quel est donc le sage (je parle des nôtres, pour lesquels l'unique bien est la vertu), quel est le sage qui nie que même les avantages que nous appelons indifférents n'aient pas de prix, et ne soient préférables les uns aux autres ? À certains d'entre eux on accorde quelque considération, à d'autres beaucoup. Ne vous y trompez donc point, les richesses sont au nombre des choses préférables. « Pourquoi donc, dites-vous, me tourner en ridicule, puisque les richesses occupent chez vous la même place que chez moi ? » Voulez-vous savoir combien nous différons sur ce point ? Si les richesses m'échappent, elles ne m'ôtent rien qu'elles-mêmes ; si elles vous abandonnent, vous êtes frappé de stupeur et comme enlevé à vous-même ; chez moi les richesses ont une place ; chez vous elles occupent la première ; enfin elles m'appartiennent, tandis que vous leur appartenez.

Le sage pourra être riche pourvu qu'il soit généreux

Cessez donc d'interdire l'argent aux philosophes ; jamais on n'a condamné la sagesse à la pauvreté. Le philosophe aura d'amples richesses, mais elles ne seront ni dérobées à personne, ni souillées du sang d'autrui ; il ne les devra ni à l'injustice ni à un gain sordide ; elles sortiront de chez lui aussi honnêtement qu'elles y sont entrées, la malignité seule en gémira. Accumulez-les à votre gré, elles sont honnêtes ; on pourra les convoiter si vous voulez, mais nul ne pourra les réclamer comme lui appartenant. Le grand homme ! le riche par excellence ! si le fait est d'accord avec de telles paroles, si après cette déclaration il est aussi riche qu'auparavant ; je veux dire, si en toute sûreté il a pu permettre au public de fouiller chez lui, si personne n'a rien trouvé sur quoi mettre la main, il pourra hardiment être riche aux yeux de tous. Le sage ne laissera franchir le seuil de sa porte à aucun denier qui entrerait par une mauvaise voie ; mais il ne rejettera pas non plus, il n'exclura pas de grandes richesses, présent de la fortune, fruit de la vertu. Pourquoi leur refuserait-il une place ? Qu'elles viennent, il leur donnera l'hospitalité. Il n'en fera point parade ; il ne les cachera pas non plus ; le premier est d'un sot, le second d'un homme craintif et pusillanime, qui semble cacher dans son sein un bien considérable. Comme je l'ai dit, il ne les chassera pas non plus de sa maison. Pourrait-il, en effet, leur dire : « Vous m'êtes inutiles » ; ou bien : « Je ne sais pas vous employer » ? De même que, pouvant voyager à pied, il préférera monter en voiture, de même il voudra être riche, s'il le peut ; mais il possédera les richesses comme des biens légers et fugitifs ; il ne souffrira pas qu'elles soient à charge aux autres ni à lui-même. Il donnera... Pourquoi dressez-vous les oreilles ? Pourquoi ouvrez-vous votre bourse ? Il donnera aux bons ou à ceux qu'il pourra rendre tels. Il donnera avec un parfait discernement, choisissant les plus dignes, se souvenant qu'il faudra rendre compte de ses dépenses comme de ses recettes. Il donnera pour des motifs justes et plausibles ; car c'est au rang des honteuses dissipations qu'il faut mettre un présent mal placé. La bourse s'ouvrira facilement sans être percée ; il en sortira beaucoup, mais il n'en tombera rien.

Difficultés que présente la bienfaisance

On se trompe si l'on croit qu'il est facile de donner. Il y a là beaucoup de difficultés, si toutefois on veut consulter la raison et non point répandre son bien au hasard et par boutade. J'oblige l'un, je rends à l'autre, je secours celui-ci, j'ai pitié de celui-là, je pourvois au besoin de cet autre ; il ne faut point que sa pauvreté l'humilie et l'absorbe tout entier. Certains ne recevront pas de moi, bien qu'ils soient dans le besoin, car ils y seront toujours malgré mes dons. J'offrirai à quelques-uns, j'imposerai à d'autres. Je ne puis pas être négligent en pareille matière. Je ne fais jamais plus de placements que quand je donne. Comment, me dit-on, vous donnez pour recouvrer ? Bien plus, c'est pour ne rien perdre. Que le bienfait soit accordé de manière à ne pouvoir pas être redemandé, mais à pouvoir être rendu. Il faut le placer comme un trésor profondément enfoui, qu'on ne retire que quand il y a nécessité. Est-ce que la maison même du riche n'offre pas un vaste champ à la bienfaisance ? Peut-on, en effet, borner la libéralité aux citoyens revêtus de la toge ? La nature nous prescrit d'être utiles aux hommes ; qu'importe qu'ils soient esclaves ou libres, ingénus ou affranchis, qu'ils aient reçu la liberté juridiquement ou dans un cercle d'amis ? Partout où l'on trouve un homme, il y a place pour un bienfait. Le sage peut donc répandre sa fortune dans l'intérieur même de sa maison ; il peut exercer sa libéralité, qui est ainsi nommée non parce qu'elle est due à des hommes libres, mais parce qu'elle part d'une âme libre. Chez le sage, elle ne tombe jamais sur des hommes vils et méprisables, elle ne se fatigue jamais dans ses courses, au point de ne pouvoir, à la rencontre d'un homme qui en est digne, couler à pleins bords. Nul motif donc de mal interpréter les paroles honnêtes, mâles et vigoureuses de ceux qui étudient la sagesse, et considérer d'abord qu'il y a une différence entre celui qui étudie la sagesse et celui qui déjà la possède. Le premier vous dira : « Je parle très bien, mais je suis encore plongé dans le vice. Vous ne pouvez me juger strictement sur ma formule, puisque je suis encore occupé à me former, à me façonner, à m'élever au niveau d'un grand modèle si je fais les progrès que j'ai en vue ; exigez alors que ma conduite soit conforme à mes paroles. » Quant à celui qui est parvenu au faîte de la sagesse humaine, il s'y prendra autrement avec vous, et vous dira : « En premier lieu, il ne vous est point permis de juger ceux qui valent mieux que vous ; j'ai déjà un avantage de la vertu, c'est de déplaire aux méchants. Mais pour vous donner une explication que je ne refuse à personne, sachez ce que je promets et quel prix j'attache à chaque objet. Je nie que les richesses soient un bien, car si elles l'étaient, elles feraient des gens de bien ; or, comme on ne peut appeler bien ce qui se trouve chez les méchants, je refuse ce nom aux richesses ; j'avoue cependant qu'elles sont bonnes à posséder, qu'elles sont utiles et qu'elles procurent de grands avantages à la vie. »

Le sage ne s'attache pas aux richesses

Pourquoi donc, me direz-vous, ne pas mettre les richesses au rang des biens, et quelle est à cet égard notre différence de conduite, puisque nous convenons qu'elles sont bonnes à posséder ; le voici : mettez-moi dans la maison la plus opulente, où l'on fait servir indistinctement l'or et l'argent, je ne m'en estimerai pas plus pour ces avantages, qui, bien que chez moi, sont cependant hors de moi. Transportez-moi sur le pont Sublicius[1], et jetez-moi parmi les mendiants, je ne me mépriserai pas parce que je me trouve au nombre de ceux qui tendent la main à la charité ; qu'importe, en effet, d'être privé d'un morceau de pain, quand on n'est pas privé du pouvoir de mourir ? Et cependant je préfère cette maison splendide au pont Sublicius. Placez-moi dans l'attirail de la splendeur et dans l'appareil des délices, je ne me croirai nullement plus heureux parce que j'aurai un petit manteau moelleux ; ou parce que pendant mes repas je foulerai des tapis de pourpre. Je ne serai pas plus malheureux si ma tête fatiguée repose sur une botte de foin, si je couche sur la bourre qui des matelas du cirque[2] s'échappe à travers les reprises d'une vieille toile. J'aime mieux cependant montrer ce que je puis avoir de courage sous la prétexte[3] ou la chlamyde, que les épaules nues ou à demi couvertes. Que mes jours coulent au gré

---

1. Le pont Sublicius est le plus ancien pont de Rome, jeté sur le Tibre, en face du Janicule, par Ancus Martius, et connu pour avoir été le rendez-vous des mendiants selon la tradition.
2. Les matelas des gladiateurs étaient bourrés de foin. Quand Sénèque parle de la bourre qui s'échappe des matelas du cirque, il désigne ainsi la couche des pauvres.
3. La prétexte est la toge blanche bordée d'une bande de pourpre portée par les magistrats.

de mes vœux, que des félicitations nouvelles s'ajoutent aux anciennes, je ne serai pas plus content de moi. Changez en contrariétés cette indulgence du temps ; que mon âme soit frappée de tous côtés par des pertes, des afflictions, des assauts divers ; que pour moi chaque heure amène son sujet de plainte, je ne me dirai pas malheureux au milieu des plus cruelles misères ; je ne maudirai aucun de mes jours, j'ai pourvu, en effet, à ce qu'il n'y ait pas pour moi de jour sinistre. J'aime mieux néanmoins avoir à contenir ma joie que calmer ma douleur. Voici comment vous parlera Socrate : « Faites de moi le vainqueur de toutes les nations ; que le char voluptueux de Bacchus me porte triomphant du pays où le soleil se lève jusqu'à Thèbes [1] ; que les rois de Perse me demandent des lois, je songerai le plus que je suis homme alors que pourtant on me saluera dieu. À ce comble d'élévation faites succéder une révolution rapide ; voyez-moi sur un brancard étranger, pour orner la pompe d'un vainqueur superbe et farouche, je ne serai point plus bas courbé sur le char d'un autre que je ne l'étais debout sur le mien. » Et néanmoins j'aime mieux être vainqueur que prisonnier. Je mépriserai tout l'empire de la fortune ; mais dans cet empire, si le choix m'est donné, je prendrai ce qu'il y a de mieux. Tout ce qui m'arrivera deviendra bon ; mais j'aime mieux qu'il m'arrive des choses plus faciles, plus agréables et moins incommodes. Point de vertu, croyez-le, qui ne demande du travail ; aux uns il faut l'éperon, aux autres le frein. Un corps placé sur un plan incliné a besoin d'être retenu, tandis qu'il faut le pousser dans une montée difficile ; de même il y a des vertus qui descendent et d'autres qui gravissent la côte. Est-il douteux que la patience, le courage, la persévérance et les autres vertus qui éclatent dans l'adversité et soumettent la fortune ne soient de celles qui montent, qui se fatiguent, qui luttent ? N'est-il pas

---

1. Thèbes est une ville de Grèce centrale, en Béotie.

également évident que la libéralité, la tempérance, la douceur sont de celles qui descendent ? Dans celles-ci nous retenons notre âme pour ne point la laisser tomber ; dans celles-là nous l'encourageons, nous la poussons. Nous aurons donc recours, dans la pauvreté, aux vertus les plus vigoureuses, à celles que la lutte rend plus fortes ; aux richesses nous opposerons celles qui sont plus soigneuses, celles dont la prudence règle la marche et maintient l'équilibre.

Sérénité inaltérable du sage. – Prosopopée de Socrate

Cette distinction faite, j'aime mieux, pour mon usage, les vertus dont l'exercice est tranquille, que celles dont l'essai exige de la sueur et du sang. Ce n'est donc pas moi, dit le sage, qui vis autrement que je ne parle ; c'est vous qui ne m'entendez pas. Le son de mes paroles frappe seul vos oreilles, leur sens, vous ne le cherchez pas. Quelle différence y a-t-il donc entre ma folie et votre sagesse, si tous deux nous voulons posséder ? Elle est très grande. Les richesses, en effet, sont esclaves chez le sage et maîtresses chez le fou ; le sage ne donne aucun droit aux richesses, et les richesses vous les donnent tous. Vous vous y accoutumez, vous faites corps avec elles, comme si l'on vous en avait promis l'éternelle possession ; le sage ne pense jamais plus à la pauvreté que lorsqu'il nage dans les richesses. Un général ne croit jamais assez à la paix pour ne point se préparer à la guerre ; sans qu'on la fasse, il sait qu'elle est déclarée. Pour vous, vous restez ébahis à la vue d'une belle maison, comme si elle ne pouvait ni brûler ni s'écrouler ; à l'aspect d'une opulence extraordinaire, comme si elle était au-dessus de tout danger et trop élevée pour que les coups de la fortune puissent l'anéantir. Vous jouez sans souci avec les richesses, et vous ne prévoyez pas le danger, semblables à des barbares assiégés qui, ne connaissant pas les machines de guerre, regardent avec indolence les travaux des assiégeants, sans comprendre le but de ces ouvrages que l'on construit au loin. Vous aussi vous vous endormez au sein de vos richesses, sans songer aux nombreux dangers qui sont prêts à vous ravir vos précieuses dépouilles. En enlevant au sage les richesses, on lui laisse tous ses biens ; il vit content du présent et tranquille sur l'avenir. Rien, dit Socrate, ou quelque autre philosophe aussi ferme, aussi fort que lui contre les événements, « rien dont je me sois fait un devoir comme de ne point régler ma conduite sur vos opinions. Réunissez de toutes parts vos propos accoutumés, je ne les regarderai pas comme des injures, mais comme des vagissements d'enfants en souffrance ». Ainsi parlera l'homme qui a la sagesse en partage, et dont l'âme, exempte de vices, le pousse à gourmander les autres, non par haine, mais pour les guérir. Il ajoutera : « Votre manière de voir me touche, non pour moi, mais pour vous ; haïr et harceler la vertu, c'est renoncer à tout espoir de salut. Vous ne me faites pas plus de mal que n'en font aux dieux ceux qui renversent les autels ; vous laissez voir néanmoins vos mauvaises intentions, vos projets coupables, alors même que vous ne pouvez pas nuire. Vos extravagances, je les supporte comme le grand Jupiter souffre les folies des poètes, dont l'un lui donne des ailes et l'autre des cornes ; l'un le représente comme un adultère et un vagabond, l'autre lui prête de la cruauté envers les dieux, de l'injustice envers les hommes ; celui-ci le dit corrupteur de jeunes gens qu'il a enlevés, et même de ses parents ; celui-là, parricide et usurpateur d'un trône étranger et de celui de son père. Ces insinuations ne pouvaient qu'enlever aux hommes la honte de mal faire, s'ils avaient cru que tels étaient les dieux. Mais si vos propos ne me blessent pas, je vous donne néanmoins des avis pour votre bien : portez vos regards sur la vertu, croyez-en ceux qui, après l'avoir suivie longtemps, vous crient qu'ils suivent un bien considérable et qui chaque jour leur paraît plus grand.

Respectez-la comme la divinité et ceux qui l'enseignent, comme des prêtres, et, chaque fois qu'il sera fait mention des livres sacrés, soyez attentifs. » Cette formule : *favete linguis*, ne vient pas, comme plusieurs le pensent, du mot faveur ; mais on commande le silence afin que la cérémonie puisse s'achever régulièrement, sans être troublée par aucune mauvaise parole.

Suite de la prosopopée

Cette prescription vous est beaucoup plus nécessaire à vous-même, afin que vous écoutiez attentivement et en silence tous les oracles qui tombent de sa bouche. Quand un homme qui agite le sistre[1] ment par ordre du ciel, quand un charlatan se fait des entailles dans les muscles, ensanglante ses bras et ses épaules d'une main qui n'appuie guère, quand un frénétique se traîne sur les genoux à travers la voie publique en poussant des hurlements, quand un vieillard vêtu de lin, portant une lanterne en plein jour, vous annonce à grands cris le courroux de quelque dieu[2], vous accourez, vous prêtez l'oreille, et, alimentant à l'envi votre crédulité stupide, vous affirmez que c'est un être divin. Voici Socrate qui, en sortant de cette prison qu'il purifia par son entrée, et qu'il rendit plus auguste que tout sénat, vous crie : « Quelle est cette fureur, quelle est cette nature ennemie des dieux et des hommes qui vous porte à diffamer la vertu et à violer par de méchants discours les choses les plus saintes ? Louez les gens de bien, si vous le pouvez ; dans le cas contraire, passez. Or si l'exercice de cette noire licence a pour vous des charmes, précipitez-vous les uns sur les autres, en vous déchaînant contre le ciel,

---

1. Le sistre est un instrument de musique à percussion fait d'une tige d'où partent des branches garnies de métal. Sénèque fait ici allusion aux prêtres de Cybèle. Voir note 1, p. 27.
2. Allusion au culte d'Isis.

vous ne commettez pas de sacrilège, mais vous perdez votre temps. Je fus moi-même un jour l'objet des railleries d'Aristophane[1] ; toute la foule des poètes comiques répandit sur moi ses sarcasmes empoisonnés. Ces attaques elles-mêmes ont fait éclater ma vertu ; elle tire avantage, en effet, du grand jour et des épreuves, et nul ne connaît mieux sa grandeur que celui qui a senti ses forces en la provoquant. La dureté du caillou n'est mieux connue de personne que de celui qui le frappe. Je me présente comme un rocher isolé dans une mer orageuse ; les flots ne cessent de le battre en tous sens, mais ils ne peuvent ni le déplacer, ni le détruire par leurs attaques réitérées, à travers tant de siècles. Jetez-vous sur moi, donnez-moi l'assaut, je vous vaincrai par la patience. S'attaquer à des corps fermes et inébranlables, c'est employer sa force à son détriment. Cherchez donc une matière molle et souple où vous puissiez enfoncer vos traits. Mais avez-vous le loisir de sonder les misères d'autrui et de porter des jugements sur quelqu'un ? Pourquoi, dites-vous, ce philosophe a-t-il une si vaste maison ? Pourquoi cet autre met-il tant de faste dans ses repas ? Vous remarquez des rougeurs chez les autres, tandis que vous-mêmes vous êtes couverts d'ulcères ; c'est comme si l'on se moquait des taches et des verrues du corps le plus beau, tandis qu'on serait soi-même dévoré par une lèpre hideuse. Reprochez à Platon d'avoir demandé de l'argent, à Aristote d'en avoir reçu, à Démocrite[2] de n'en avoir point fait cas, à Épicure de l'avoir dissipé ; reprochez-moi enfin *Alcibiade* et *Phèdre*. Vous seriez au comble du bonheur aussitôt que vous auriez pu imiter nos défauts. Que ne jetez-vous plutôt les yeux

---

1. Fondateur de la comédie grecque et polémiste vigoureux du Ve siècle av. J.-C., Aristophane célébra avec verve des valeurs comme la sagesse, la nature ou la paix.
2. Philosophe grec du Ve siècle av. J.-C., désintéressé, qui démontra sa capacité à faire fortune, en spéculant sur le blé, tout en renonçant ensuite à sa plus-value.

sur vos vices, qui vous percent de tous côtés, dont les uns s'étalent au-dehors, tandis que les autres dévorent vos entrailles. Bien que vous connaissiez peu votre état, les choses humaines n'en sont pas à ce point qu'il vous reste tant de loisirs pour mal parler de gens qui valent mieux que vous. »

Suite et fin

« Voilà ce que vous ne comprenez pas, et vous affectez des airs qui ne sont pas conformes à votre situation. Vous êtes comme beaucoup de gens qui s'amusent au cirque et au théâtre, tandis que leur maison est dans le deuil pour un malheur qui ne leur a pas été annoncé. Quant à moi, qui regarde de haut, je vois les orages suspendus sur vos têtes : les uns ne crèveront que dans quelque temps le nuage qui les porte ; les autres approchent et sont sur le point de vous emporter avec vos biens. Que dis-je ! à cette heure même, votre âme n'est-elle pas, sans le savoir, le jouet d'un tourbillon rapide qui vous enveloppe, vous fait fuir et rechercher le même objet qui tantôt vous lance dans les airs, tantôt vous précipite dans l'abîme et vous brise ? »

DE LA TRANQUILLITÉ DE L'ÂME

Traduction française de M. Charpentier et F. Lemaistre, 1860

Quelques modifications orthographiques ont été apportées à la traduction de 1860, ainsi que la séparation du texte en paragraphes.

En portant sur moi-même un examen attentif, cher Sénèque, j'y ai trouvé quelques défauts apparents, exposés à tous les yeux, et que je pouvais toucher du doigt ; d'autres moins visibles, et cachés dans les replis de mon âme ; d'autres qui, sans être habituels, reparaissent par intervalles : ceux-là sont les plus gênants de tous, ennemis insaisissables épiant toujours le moment de vous assaillir, et avec lesquels on ne sait jamais s'il faut se préparer à la guerre ni se reposer en paix.

Il est toutefois pour moi un état habituel (car, pourquoi déguiserais-je quelque chose à mon médecin ?), c'est de n'être pas franchement délivré des vices qui étaient l'objet de mes craintes et de mon aversion, sans toutefois en être réellement atteint. Si je ne suis pas au plus mal, je suis du moins dans un état douloureux et désagréable : je ne suis ni malade, ni bien portant.

N'allez pas me dire que, de toutes les vertus, les commencements sont faibles, et qu'avec le temps elles acquièrent de la consistance et de la force. Je n'ignore pas que les avantages qu'on ne recherche que pour la montre, tels que la considération, la gloire de l'éloquence, et tout ce qui dépend des suffrages d'autrui, se fortifient avec le temps ; tandis que les vertus, qui donnent la véritable force, et les qualités, qui n'ont pour plaire qu'un éclat emprunté, ont besoin du cours des années, dont l'action imperceptible empreint les unes et les autres d'une couleur plus prononcée. Mais je crains que l'habitude, qui consolide toutes choses, n'enracine plus profondément chez moi le défaut dont je me plains. Le long usage des bonnes comme des mauvaises pratiques conduit à les aimer.

Mon âme, ainsi partagée entre le mal et le bien, ne se porte avec force ni vers l'un ni vers l'autre ; et il m'est moins facile de vous exposer mon infirmité en masse qu'en détail. Je vous dirai les symptômes ; c'est à vous de trouver un nom à ma maladie.

J'ai le goût le plus prononcé pour la simplicité, j'en conviens ; je n'aime point l'appareil somptueux d'un lit, ni ces vêtements tirés d'une armoire précieuse, que la presse et le foulon[1] ont fatigués pour leur donner du lustre, mais bien un vêtement d'intérieur, peu coûteux, qui se garde et se porte sans crainte de le gâter. J'aime un repas auquel une troupe d'esclaves ne mette ni la main ni l'œil ; qui n'ait point été ordonné plusieurs jours d'avance, et dont le service n'occupe point une multitude de bras ; mais qui soit facile à préparer comme à servir, qui n'ait rien de rare ni de cher. Un repas qui puisse se trouver partout, qui ne soit onéreux ni à la bourse, ni à l'estomac, et qu'on ne soit pas forcé de rendre par où on l'a pris. J'aime un serviteur grossièrement vêtu, enfant de la maison ; j'aime la lourde argenterie de mon père, honnête campagnard, laquelle ne se recommande ni par le travail ni par le nom de l'ouvrier ; je veux une table qui ne soit ni remarquable par la variété des nuances, ni célèbre dans la ville, pour avoir appartenu successivement à plus d'un amateur, mais qui soit d'un usage commode, sans occuper d'un vain plaisir les regards de mes convives, sans exciter leur convoitise.

Mais tout en aimant cette simplicité, mon esprit se laisse éblouir par l'appareil d'une jeune et belle élite

---

1. Le foulage est une opération par laquelle on presse certaines matières pour leur donner de l'apprêt (les cuirs, les peaux ou les tissus). Le foulon est l'ouvrier chargé de fouler le drap et le feutre.

qu'on dresse aux plaisirs du maître, par ces esclaves plus élégamment vêtus, plus chamarrés d'or que dans une fête publique, enfin par une nombreuse troupe de serviteurs éblouissants de magnificence. J'ai également plaisir à voir cette maison où l'on marche sur les matières les plus précieuses, où les richesses sont prodiguées dans tous les coins, où tout, jusqu'aux toits, brille aux regards, où se presse un peuple de flatteurs, compagnons assidus de ceux qui dissipent leur bien. Que dirai-je de ces eaux limpides et transparentes qui environnent toute la salle des festins, et de ces repas somptueux, dignes du théâtre où on les sert ?

Moi, qui ai poussé jusqu'à l'excès ma longue frugalité, le luxe vient m'environner de tout son éclat, de tout son bruyant appareil. Mon front de bataille commence à plier ; et contre une telle séduction, il m'est plus facile de défendre mon âme que mes yeux. Je m'éloigne donc, non pire, mais plus triste ; et dans mon chétif domicile, je ne porte plus la tête si haute ; une sorte de regret se glisse secrètement dans mon âme, enfin je doute si les objets que je quitte ne sont pas préférables : de tout cela rien ne me change ; mais rien qui ne m'ébranle.

Il me plaît de suivre les mâles préceptes de nos maîtres, et de me lancer dans les affaires publiques ; il me plaît d'aspirer aux honneurs, non que la pourpre et les faisceaux me séduisent ; mais pour avoir plus de moyens d'être utile à mes amis, à mes proches et à tous mes concitoyens. Formé à l'école de ces grands maîtres, je suis Zénon, Cléanthe, Chrysippe [1] ; si aucun d'entre eux n'a gouverné l'État, il n'est aucun ainsi qui n'y ait destiné ses disciples.

Survient-il quelque choc pour mon esprit peu accoutumé à lutter de front, survient-il quelqu'une de ces

---

1. Cléanthe (331-232 av. J.-C.) et Chrysippe (v. 281-v. 205 av. J.-C.) sont tous deux des philosophes grecs de l'école stoïcienne. Ils se succédèrent à la tête du Portique, l'école philosophique fondée à Athènes par Zénon vers 300 av. J.-C.

humiliations qu'on rencontre à chaque pas dans la vie, ou bien quelque affaire hérissée de difficultés, et sans proportion avec le temps qu'elle a pu demander, je retourne à mon loisir ; et, comme les chevaux, malgré leur fatigue, je double le pas pour regagner ma maison.

J'aime à renfermer ma vie dans son véritable sanctuaire. Que personne ne me fasse perdre un jour, puisque rien ne peut compenser une si grande perte. Que mon âme se repose sur elle-même ; qu'elle se cultive elle-même ; qu'elle ne se mêle de rien qui lui est étranger, de rien qui la soumette au jugement d'autrui ; que, sans aucun souci des affaires publiques ou privées, elle se complaise dans sa tranquillité.

Mais lorsqu'une lecture plus forte a élevé mon âme, et qu'elle se sent aiguillonnée par de nobles exemples, je veux m'élancer dans le forum, prêter à d'autres le secours de ma voix sinon toujours avec succès, du moins, avec l'intention d'être utile ; de rabattre en plein forum l'arrogance de tel homme que la prospérité rend insolent.

Dans les études, je pense qu'il vaut mieux assurément envisager les choses en elles-mêmes, ne parler que d'elles, surtout subordonner les mots aux choses, de manière que, partout où va la pensée, le discours la suive sans effort où elle le mène. Qu'est-il besoin de composer des écrits pour durer des siècles ? Voulez-vous donc empêcher que la postérité ne vous oublie ? Né pour mourir, ne savez-vous pas que les obsèques les moins tristes sont celles qui se font sans bruit ? Ainsi, pour occuper votre temps, pour votre propre usage, et non pour obtenir des éloges, écrivez d'un style simple ; il ne faut pas un grand travail à ceux qui n'étudient que pour le moment présent.

Oui, mais dès que par la méditation s'est élevé mon esprit, il recherche la pompe des expressions ; comme il a dressé son vol plus haut, il veut aussi rehausser son style, et mon discours se conforme à la majesté de la pensée : oubliant les règles étroites que je m'étais pres-

54

crites, je m'élance dans les nuages, et ce n'est plus moi qui parle par ma bouche.

Sans entrer dans de plus longs détails, cette même faiblesse de bonne intention me suit dans toute ma conduite ; je crains d'y succomber à la longue ; ou, ce qui est plus inquiétant, de rester toujours suspendu sur le bord de l'abîme, et de finir par une chute plus funeste, peut-être, que celle que je prévois.

Je pense que beaucoup d'hommes auraient pu parvenir à la sagesse, s'ils ne s'étaient flattés d'y être arrivés, s'ils ne se fussent dissimulés quelques-uns de leurs vices, ou si, à leurs yeux, quoique ouverts, les autres n'eussent pas échappé. Vous le savez, nous ne sommes pas pour nous-mêmes les moins dangereux flatteurs. Qui a osé se dire la vérité ? Quel homme, placé au milieu d'un troupeau de panégyristes [1] et de courtisans, n'a pas lui-même enchéri sur tous leurs éloges ?

Je vous prie donc, si vous connaissez quelque remède qui puisse mettre un terme à mes hésitations, de me croire digne de vous devoir ma tranquillité. Ces mouvements de l'âme n'ont rien de dangereux, rien qui puisse amener aucune perturbation, je le sais ; et pour vous exprimer, par une comparaison juste, le mal dont je me plains, ce n'est pas la tempête qui me tourmente, mais le mal de mer. Délivrez-moi donc de ce mal quel qu'il soit, et secourez le passager qui en souffre en vue du port.

Réponse de Sénèque

Et moi aussi, je l'avoue, mon cher Sérénus [2], depuis longtemps je cherche secrètement en moi-même à quoi peut ressembler cette pénible situation de mon âme ; et

---

1. Un panégyriste est une personne qui loue ou vante quelque chose ou quelqu'un. Ce terme est souvent employé de façon ironique.
2. Annéus Sérénus, ami très cher de Sénèque.

je ne saurais mieux la comparer qu'à l'état de ceux qui, revenus d'une longue et sérieuse maladie, ressentent encore quelques frissons et de légers malaises. Délivrés qu'ils sont des autres symptômes, ils se tourmentent de maux imaginaires ; quoique bien portants, ils présentent le pouls au médecin, et prennent pour de la fièvre la moindre chaleur du corps. Ces gens-là, Sérénus, sont suffisamment guéris, mais ils ne sont pas encore accoutumés à la santé ; leur état ressemble à l'oscillation d'une mer tranquille ou d'un lac qui se repose d'une tempête.

Ainsi vous n'avez plus besoin de ces remèdes violents, par lesquels nous avons passé, et qui consistent à faire effort sur vous-même, à vous gourmander, à vous stimuler fortement. Il ne vous faut plus que ces soins qui viennent en dernier, comme de prendre confiance en vous-même, de vous persuader que vous marchez dans la bonne voie, sans vous laisser détourner par les traces confuses de cette foule qui court çà et là sur vos pas, ou qui s'égare aux bords de la route que vous suivez.

Ce que vous désirez est quelque chose de grand, de sublime, et qui vous rapproche de Dieu, c'est d'être inébranlable. Cette ferme assiette de l'âme, appelée chez les Grecs *euthymia,* et sur laquelle Démocrite a composé un excellent livre, moi, je la nomme tranquillité ; car il n'est point nécessaire de copier le mot grec et de le reproduire d'après son étymologie : la chose dont nous parlons doit être désignée par un mot qui ait la force du grec, et non sa forme.

Nous cherchons donc à découvrir comment l'âme, marchant toujours d'un pas égal et sûr, peut être en paix avec elle-même, contempler avec joie dans un contentement que rien n'interrompe les biens qui lui sont propres, se maintenir toujours dans un état paisible, sans jamais s'élever ni s'abaisser. Telle est, selon moi, la tranquillité. Comment peut-on l'acquérir ? C'est ce que nous allons chercher d'une manière générale ; et ce sera un remède commun dont vous prendrez la dose que vous voudrez.

En attendant nous allons mettre à découvert tous les symptômes du mal, afin que chacun puisse reconnaître sa part. Alors, du premier coup d'œil, vous comprendrez que, pour guérir ce dégoût de vous-même qui vous obsède, vous avez bien moins à faire que ceux qui, enchaînés à l'enseigne ambitieuse d'une fausse sagesse, et travaillés d'un mal qu'ils décorent d'un titre imposant, persistent dans ce rôle affecté, plutôt par mauvaise honte, que par volonté.

Description générale du mal : différentes sortes d'inquiétudes

Dans la même classe, il faut ranger et ceux qui, victimes de leur légèreté d'esprit, en butte à l'ennui, à un perpétuel changement d'humeur, regrettent toujours l'objet qu'ils ont rejeté, et ceux qui languissent dans la paresse et dans l'inertie. Ajoutez-y ceux qui, comme les gens qui ont le sommeil difficile, se retournent, et se couchent tantôt sur un côté, tantôt sur un autre, jusqu'à ce que la lassitude leur fasse enfin trouver le repos. À force de refaire d'un jour à l'autre leur façon de vivre, ils s'arrêtent enfin à celle où les a surpris, non point le dégoût du changement, mais la vieillesse trop paresseuse pour innover. Ajoutez-y enfin ceux qui ne changent pas facilement leurs habitudes, non par constance, mais par paresse. Ils vivent, non point comme ils veulent, mais comme ils ont commencé.

Le vice est infini dans ses variétés, mais uniforme en son résultat, qui consiste à se déplaire à soi-même. Cela naît de la mauvaise direction de l'âme, et des désirs qu'elle forme avec irrésolution ou sans succès ; car, ou l'on n'ose pas tout ce que l'on voudrait, ou on l'ose sans réussir ; et toujours l'on se trouve sous l'empire d'espérances trompeuses et mobiles ; état fâcheux, mais inévitable d'une âme qui ne conçoit que des désirs vagues, indéterminés. Toute la vie de certains hommes se passe dans une éternelle indécision ; ils s'instruisent et se forcent à des actions honteuses et pénibles ; et quand leur effort ne trouve point sa récompense, ils regrettent, avec amertume, un déshonneur sans profit ; ils ne sont pas fâchés d'avoir voulu le mal, mais de l'avoir voulu en vain.

Alors ils se trouvent partagés entre le repentir d'avoir commencé et la crainte de recommencer. Également incapables d'obéir ou de commander à leurs désirs, ils se voient en butte à l'agitation d'un esprit engagé dans un dédale sans issue, à l'embarras d'une vie arrêtée, pour ainsi dire, dans son cours, et à la honteuse langueur d'une âme trompée dans tous ses vœux.

Tous ces symptômes s'aggravent encore lorsque le dépit d'un malheur, si péniblement acheté, les jette dans le repos et dans les studieux loisirs de la retraite, qui sont incompatibles avec un esprit préoccupé des affaires publiques, tourmenté du besoin d'agir, inquiet par sa nature, et qui ne peut trouver en lui-même aucune consolation. De sorte que, se voyant privé des distractions que les affaires mêmes procurent aux gens occupés, on ne peut supporter sa maison, sa solitude, son intérieur ; et l'âme, livrée à elle-même, ne peut s'envisager.

De là cet ennui, ce mécontentement de soi-même, cette agitation d'une âme qui ne se repose sur rien, enfin la tristesse et cette inquiète impatience de l'inaction ; et comme on n'ose avouer la cause de son mal, la honte fait refluer ces angoisses dans l'intérieur de l'âme ; et les désirs, renfermés à l'étroit dans un lieu sans issue, se livrent d'affreux combats. De là la mélancolie, les langueurs et les mille fluctuations d'une âme indécise, toujours en doute de ce qu'elle va faire, et mécontente de ce qu'elle a fait ; de là cette malheureuse disposition à maudire son repos, à se plaindre de n'avoir rien à faire ; de là cette jalousie ennemie jurée des succès d'autrui. En effet, l'aliment le plus actif de l'envie est l'oisiveté mécontente ; l'on voudrait voir tout le monde tomber parce qu'on n'a pu s'élever.

Bientôt, de cette aversion pour les succès d'autrui, jointe au désespoir de pousser sa fortune, naît l'irritation d'une âme qui maudit le sort, qui se plaint du siècle, qui s'enfonce de plus en plus dans la retraite, qui se cramponne à son chagrin, le tout, parce qu'elle est ennuyée, excédée d'elle-même. Par nature, en effet, l'esprit humain est actif et porté au mouvement : toute occasion de s'exciter et de se distraire lui fait plaisir, et plaît encore plus à tout esprit médiocre, pour qui la variété des occupations est un frottement agréable. Certains ulcères, par le plaisir que l'attouchement leur cause, appellent la main qui les irrite ; les galeux aiment qu'on les gratte, bien qu'il doive leur en cuire. Il en est de même, j'ose le dire, des âmes dans lesquelles les désirs ont fait irruption, comme des ulcères malins ; la peine et l'agitation leur procurent une sensation de plaisir.

Il est aussi des mouvements qui, en causant quelque douleur au corps, font qu'il s'en trouve bien, comme de se retourner dans son lit, de s'étendre sur le côté qui n'est pas encore las, et de se rafraîchir par le changement de position. Tel l'Achille d'Homère se couchant tantôt sur le ventre, tantôt sur le dos, et ne pouvant rester un moment dans la même attitude. C'est le propre de la maladie de ne pouvoir souffrir longtemps la même position, et de chercher, dans le changement, un remède.

De là ces voyages que l'on entreprend sans but ; ces côtes que l'on parcourt ; un jour sur mer, le lendemain sur terre, partout se manifeste la même instabilité, toujours ennemie du présent. Maintenant il nous faut aller en Campanie [1]. Bientôt ce séjour délicieux nous déplaît : il faut voir des pays incultes ; allons parcourir les bois

---

1. La Campanie est une région d'Italie comprenant les provinces d'Avellino, de Bénévent, Caserte, Naples et Salerne.

du Bruttium et de la Lucanie[1] ; cherchons, parmi les déserts, quelque site agréable pour que nos yeux, avides de voluptueuses impressions, soient quelque peu récréés de l'aspect de tant de lieux arides. Bientôt Tarente et son port renommé nous appellent, et son climat si doux pendant l'hiver, et ses maisons dignes, par leur magnificence, de son antique population. Mais le moment est venu de diriger nos pas vers Rome ; trop longtemps nos oreilles ont été sans ouïr les applaudissements et le fracas du cirque : il nous tarde de voir couler le sang humain.

Un voyage succède à l'autre, un spectacle remplace un autre spectacle ; et comme dit Lucrèce[2] : « Ainsi, chacun se fuit soi-même. » Mais que sert de fuir, si l'on ne peut échapper ? Ne se suit-on pas soi-même ? N'est-on pas pour soi un compagnon toujours importun ?

Aussi persuadons-nous bien que l'agitation qui nous travaille ne vient point des lieux, mais de nous. Nous sommes trop faibles pour tout supporter : peine, plaisir, tout, jusqu'à nous-mêmes, nous est à charge. Aussi quelques-uns ont pris le parti de mourir, en voyant qu'à force de changer ils revenaient toujours aux mêmes objets, parce qu'ils n'avaient plus rien de nouveau à éprouver. Le dégoût de la vie et du monde les a pris, et par leur bouche la volupté blasée a fait entendre ce cri de désespoir : « Quoi ! Toujours la même chose ! Jusqu'à quand ? »

---

1. Le Bruttium et la Lucanie sont deux régions de l'Italie ancienne, dont la première correspond à la partie méridionale de l'actuelle Calabre, et la seconde à une zone délimitée par la Campanie au nord, le Bruttium au sud, la mer Tyrrhénienne à l'ouest et le golfe de Tarente à l'est.
2. Poète latin du Ier siècle av. J.-C. La cohérence philosophique de ses discours constitue l'un des sommets de la pensée romaine.

Le remède d'Athénodore[1]

Contre cet ennui, vous me demandez quel remède il faut employer ? Le meilleur serait, comme dit Athénodore, de chercher dans les affaires, dans le gouvernement de l'État, dans les devoirs de la vie civile, un moyen de se tenir en haleine. Car, comme il est des hommes qui passent toute la journée à faire de l'exercice en plein soleil, à prendre soin de leur corps, et que pour les athlètes, il est éminemment utile de consacrer à l'entretien de leurs bras et de cette force dont ils font profession la plus grande partie de leur temps ; de même pour nous, qui nous destinons aux luttes politiques, n'est-il pas encore plus beau d'être toujours en haleine ? Car celui qui se propose de se rendre utile à ses concitoyens et à tous les mortels trouve beaucoup à s'exercer et à profiter, lorsque, dans les emplois, il administre, avec tout le zèle dont il est capable, les intérêts publics et privés.

Mais, continue Athénodore, au milieu d'un tel conflit d'intrigues et de cabales, parmi cette foule de calomniateurs accoutumés à donner un mauvais tour aux actions les plus droites, la simplicité du cœur n'est guère en sûreté. Elle doit s'attendre à rencontrer plus d'obstacles que de moyens de réussir. Il faut donc s'éloigner du forum et des fonctions publiques. Mais, même dans le foyer domestique, une grande âme a où se déployer ; et comme la férocité des lions et des autres animaux ne diminue point sous les barreaux de leur loge, l'activité de l'homme ne fait que redoubler au sein de la retraite.

On ne le verra point s'ensevelir dans un repos ni dans une solitude tellement absolus, qu'il ait abjuré tout désir de se rendre utile à tous et à chacun, par ses talents, par ses paroles, par son expérience. Il n'est pas seul à servir la république celui qui produit des candidats, qui défend

---

1. Philosophe grec stoïcien, né à Tarse, contemporain du philosophe Athénodore, l'ami de Caton d'Utique. Il fut un des maîtres d'Octavien.

des accusés, qui délibère sur la guerre et sur la paix. Mais instruire la jeunesse, et, dans une si extrême disette de sages précepteurs, former les âmes à la vertu, et quand, d'une course précipitée, elles se ruent sur le luxe et sur les richesses, savoir les saisir d'une main ferme et les ramener, ou du moins ralentir quelque peu leur élan, n'est-ce pas là, sans sortir de chez soi, faire les affaires du public ?

Je le demande, le préteur, juge entre les citoyens et les étrangers, ou le préteur urbain qui prononce à tous venants les arrêts dont un assesseur lui dicte la formule, fait-il plus pour la chose publique que celui qui enseigne ce que c'est que la justice, la piété, le courage, le mépris de la mort, la connaissance des dieux, et tout le prix d'une bonne conscience ?

Ainsi donc, consacrer à ces études un temps dérobé aux fonctions publiques, ce n'est point déserter son poste, ni manquer à ses devoirs. Le service militaire que réclame la patrie ne consiste pas seulement à combattre au front de l'armée, à défendre l'aile droite ou l'aile gauche. Mais garder les portes du camp, et, préposé à un poste moins périlleux, et non point inutile, faire sentinelle ou veiller à la sûreté du magasin d'armes, c'est là s'acquitter de fonctions qui, bien qu'elles n'exposent pas la vie du soldat, n'en sont pas moins des services réels.

En vous livrant à l'étude, vous échappez à tous les dégoûts de l'existence : jamais les ennuis de la journée ne vous feront soupirer après la nuit ; vous ne serez pas à charge à vous-même, et inutile aux autres ; vous vous ferez beaucoup d'amis, et tout homme de bien voudra vous connaître, car jamais la vertu, quoique obscure, ne demeure cachée. Sa présence toujours se trahit par les signes qui lui sont propres : quiconque est digne d'elle saura la trouver à la trace.

Si nous rompons en visière avec la société, si nous renonçons à tout le genre humain, et que nous vivions uniquement concentrés en nous-mêmes, le résultat de cet isolement, de cette indifférence sur toutes choses sera bientôt une absence complète d'occupation. Nous nous mettrons alors à bâtir, à abattre des maisons, à envahir la mer par nos constructions, à élever des eaux en dépit de la difficulté des lieux, et à mal dépenser le temps que la nature nous a donné pour en faire un bon usage.

Ce temps, quelques-uns de nous en sont économes ; d'autres en sont prodigues : les uns le dépensent de façon à s'en rendre compte ; les autres, sans pouvoir en justifier l'emploi. Aussi rien n'est plus honteux qu'un homme avancé en âge, qui, pour prouver qu'il a longtemps vécu, n'a d'autres témoins que ses années.

Doctrine personnelle de Sénèque

Pour moi, mon cher Sérénus, je suis d'avis qu'Athénodore a trop accordé à l'empire des circonstances, et s'est trop tôt condamné à la retraite ; non que je nie qu'il ne faille quelque jour se retirer, mais insensiblement, d'un pas lent, en conservant ses enseignes et avec tous les honneurs de la guerre. Il y a plus de gloire et de sûreté à ne se rendre à l'ennemi que les armes à la main.

Telle est, selon moi, la conduite que doit tenir le sage, ou celui qui aspire à la sagesse. Si la fortune l'emporte et lui ôte les moyens d'agir, on ne le verra point tourner tout de suite le dos, fuir en jetant ses armes, et chercher quelque refuge, comme s'il y avait au monde un lieu à l'abri des atteintes de la fortune. Mais il se livrera aux affaires avec plus de réserve, et mettra son discernement à choisir quelque autre moyen de servir la patrie.

Ne le peut-il les armes à la main ? Qu'il tourne ses vues vers les honneurs civils. Est-il réduit à la vie privée ? Qu'il se fasse avocat. Le silence lui est-il commandé ? Qu'il offre à ses concitoyens sa muette assistance. Ne peut-il sans danger se présenter au barreau ? Que dans les relations privées, dans les spectacles, à table, il soit d'un commerce sûr, ami fidèle, convive tempérant. Si les fonctions de citoyen lui sont interdites, qu'il s'acquitte de celles d'un homme.

Aussi dans la hauteur de notre philosophie, au lieu de nous renfermer dans les murs d'une cité, sommes-nous entrés en communication avec le monde entier, et avons-nous adopté l'univers pour patrie, afin de donner à notre vertu un champ plus vaste. Le siège de juge vous est interdit, la tribune aux harangues[1] vous est fermée ? Regardez derrière vous : que de vastes régions, que de peuples qui vous accueilleront ! Jamais si grande partie de la terre ne vous sera interdite, qu'il ne vous en soit laissé une encore plus grande.

Mais prenez garde que cette exclusion ne vienne entièrement de votre faute. Vous ne voulez prendre part aux affaires publiques que comme consul, prytane, céryx ou suffète[2]. Peut-être aussi ne voulez-vous aller à l'armée que comme général en chef ou tout au moins comme tribun de légion ? Bien que les autres soient au premier rang, et que le sort vous ait rejeté parmi les triaires[3], vous combattrez par vos discours, vos exhortations, votre exemple, votre courage. Même avec les mains coupées, on peut encore dans le combat servir son parti, en gardant son rang, en animant les autres par ses cris.

Vous rendrez un service analogue, si, quand la fortune vous aura écarté des premières places de l'État, vous restez debout et élevez la voix pour la chose publique. Mais on vous serre la gorge ? N'en demeurez pas moins ferme et servez-la par votre silence. Quoi que fasse un

---

1. La tribune aux harangues était sur le forum l'emplacement surélevé d'où les orateurs haranguaient le peuple, c'est-à-dire s'adressaient à l'assemblée. Cette tribune était décorée des éperons des navires pris à l'ennemi.
2. Prytane, céryx et suffète sont des titres de magistrats suprêmes.
3. Les triaires sont ceux qui forment la troisième ligne de bataille.

bon citoyen, sa peine n'est jamais perdue ; ses oreilles, ses regards, son visage, ses gestes, sa muette et passive résistance, sa présence seule, tout est utile.

Il est des remèdes salutaires qu'on n'avale ni n'applique, et dont l'effet s'opère par l'odorat ; ainsi la vertu fait sentir son utile influence, même de loin et du fond de sa retraite. Qu'elle puisse en liberté s'étendre et user de ses droits ; qu'elle n'ait qu'un accès précaire, et se trouve forcée de replier ses voiles ; qu'elle soit réduite à l'inaction et au silence, renfermée à l'étroit, ou en toute liberté, dans toutes les situations possibles, elle sert toujours. Eh quoi ! Regarderiez-vous comme sans utilité l'exemple d'un vertueux loisir ?

La méthode la plus sage est de mêler le repos aux affaires, toutes les fois que l'activité de votre vie se trouve arrêtée, soit par des obstacles fortuits, soit par l'état même de la république. Car jamais toutes les approches de la carrière ne sont si bien fermées, qu'il ne reste aucune voie pour quelque action estimable.

Trouvez-moi une ville plus malheureuse que ne le fut Athènes, déchirée par trente tyrans ? Treize cents citoyens, élite des gens de bien, avaient péri victimes de leur fureur ; mais tant d'exécutions, loin d'assouvir leur soif de sang, n'avaient fait que l'irriter. Cette ville possédait l'Aréopage [1], le plus vénérable des tribunaux ; elle avait un sénat auguste, enfin un peuple digne de son sénat. Cependant chaque jour elle voyait siéger la sombre assemblée de ses bourreaux, et sa malheureuse curie [2] se trouvait trop étroite pour ses tyrans. Quel repos pouvait-il y avoir pour une cité qui comptait autant de tyrans que d'hommes de paille ? Nul espoir de recouvrer la liberté ne pouvait s'offrir aux âmes généreuses. Point d'apparence de soulagement contre une pareille réunion

---

1. L'Aréopage était le tribunal d'Athènes qui siégeait sur la colline d'Arès.
2. La curie est le nom du sénat romain.

de maux ; dans cette pauvre cité, d'où auraient pu surgir assez d'Harmodius[1] ?

Toutefois Athènes possédait Socrate ; il consolait les sénateurs éplorés ; il relevait le courage de ceux qui désespéraient de la république ; et aux riches, qui craignaient pour leurs trésors, il reprochait un regret trop tardif de cette avarice qui les avait plongés dans l'abîme ; enfin aux citoyens disposés à l'imiter, il montrait un grand exemple, en marchant comme un homme libre au milieu de trente despotes.

Cependant cette même Athènes le fit mourir en prison : il avait pu braver impunément la troupe des tyrans ; Athènes, rendue à la liberté, ne put supporter la liberté de ce grand homme. Vous voyez donc que, même dans une république opprimée, le sage ne manque point d'occasions de se montrer ; et que, dans la cité la plus heureuse et la plus florissante, l'avarice, l'envie et mille autres vices dominent même sans armes.

Ainsi, selon que la situation de la république ou de notre fortune le permettra, nous nous lancerons à pleines voiles dans les affaires, ou nous modérerons notre course ; jamais nous ne resterons immobiles, et la crainte n'enchaînera point nos bras. Et celui-là se montrera véritablement homme, qui, voyant les périls menacer de toutes parts, les armes et les chaînes s'agiter autour de lui, saura ne point briser témérairement sa vertu contre les écueils, ni la cacher lâchement. Tel n'est pas son devoir ; il doit se conserver, mais non point s'enterrer vivant.

C'est, je crois, Curius Dentatus qui a dit qu'il aimait mieux être mort que de vivre comme s'il l'était. Le pire de tous les maux est de cesser avant sa mort d'être

---

1. Citoyen athénien, il complota avec Aristogiton la mort du tyran Hippias, fils de Pisistrate. Mais s'étant crus trahis, ils frappèrent le premier Pisistratide qu'ils rencontrèrent, Hipparque. Harmodius fut aussitôt mis à mort en 514 av. J.-C., et Aristogiton, torturé. Une tradition tardive les présenta comme martyrs de la liberté.

compté au nombre des vivants. Or, voici ce qu'il faut faire : êtes-vous venu dans un temps où il est peu sûr de prendre part aux affaires publiques ? Livrez-vous de préférence au repos et aux lettres ; et, tout comme vous le feriez en étant sur mer, gagnez au plus vite le port ; n'attendez pas que les affaires vous quittent, mais sachez les quitter de vous-même.

Les circonstances qui peuvent nous amener à restreindre notre activité

Nous devons premièrement nous considérer nous-mêmes ; puis les affaires que nous voulons entreprendre ; enfin ceux dans l'intérêt desquels et avec lesquels il nous faudra les traiter.

Avant tout, il faut bien apprécier nos forces, parce que très souvent nous pensons pouvoir au-delà de ce dont nous sommes capables. L'un se perd par trop de confiance en son éloquence ; un autre impose à son patrimoine des dépenses qui en excèdent les ressources ; un troisième exténue son corps fragile sous le poids de fonctions trop pénibles.

La timidité de ceux-ci les rend peu propres aux affaires civiles, qui demandent une assurance imperturbable ; la fierté de ceux-là ne peut être de mise à la cour. Il en est aussi qui ne peuvent maîtriser leur colère, et le moindre emportement leur suggère des paroles imprudentes ; d'autres ne sauraient contenir leur esprit railleur, ni retenir un bon mot dont ils auront à se repentir. À tous ces gens-là le repos convient mieux que les affaires : un esprit altier et peu endurant doit fuir toutes les occasions de se laisser aller à son détriment.

Il faut considérer si vos dispositions naturelles vous rendent plus propre à l'activité des affaires qu'aux loisirs de l'étude et de la méditation ; puis diriger vos pas là où vous porte votre tempérament. Isocrate [1] prenant Éphore [2] par la main, le fit sortir du barreau, le croyant plus propre à écrire l'histoire. Ils ne rendent jamais ce qu'on espère d'eux, les esprits qu'on veut contraindre et vainement l'on travaille contre le vœu de la nature.

Il faut ensuite juger les affaires que nous voulons entreprendre et comparer nos forces avec nos projets ; car la puissance d'action doit toujours l'emporter sur la force de résistance ; tout fardeau, trop fort pour celui qui le porte, finit nécessairement par l'accabler.

Il est encore des affaires qui, assez peu considérables en elles-mêmes, deviennent le germe fécond de mille autres. Or, il faut fuir ces sortes d'occupations d'où naît et renaît sans cesse quelque souci nouveau. On ne doit point s'approcher d'un lieu d'où l'on ne puisse librement revenir. N'entreprenez donc que les affaires que vous pourrez terminer, ou du moins dont vous espérez voir la fin ; abandonnez celles qui se prolongent à mesure qu'on y travaille, et qui ne finissent pas là où vous l'espériez.

Il faut également bien choisir les hommes, et nous assurer s'ils sont dignes que nous leur consacrions une partie de notre vie, et s'ils profiteront de ce sacrifice de notre temps. Il en est qui nous croient trop heureux de leur rendre service.

« Je n'irais pas même souper chez un homme qui ne croirait pas m'en avoir obligation », disait Athénodore. Vous concevez bien aussi, je pense, qu'il serait encore moins allé chez ceux qui, avec une invitation à dîner, prétendent reconnaître les services de leurs amis et comptent chacun des mets de leur table comme une largesse, comme si c'était faire honneur aux autres que

---

1. Orateur athénien (436-338 av. J.-C.), élève de Gorgias et auditeur de Platon.
2. Historien grec (390-334 av. J.-C.), il fut le premier à écrire une *Histoire universelle*, concernant la période comprise entre le retour des Héraclides et le siège de Périnthe.

de se montrer intempérants. Éloignez d'eux les témoins et les spectateurs, une orgie secrète n'aura pour eux aucun attrait.

Du choix des amis

Toutefois, il n'est rien qui puisse donner plus de contentement à l'âme qu'une amitié tendre et fidèle. Quel bonheur de rencontrer des cœurs bien préparés, auxquels vous puissiez, en toute assurance, confier tous vos secrets, qui soient, à notre égard, plus indulgents que nous-mêmes, qui charment nos ennuis par les agréments de leur conversation. Des amis qui fixent nos irrésolutions par la sagesse de leurs conseils, dont la bonne humeur dissipe notre tristesse, et dont la seule vue, enfin, nous réjouisse ! Mais il faut, autant que possible, choisir des amis exempts de passions, car le vice se glisse sourdement dans nos cœurs. Il se communique par le rapprochement ; c'est un mal contagieux.

En temps de peste, il faut bien se garder d'approcher les individus malades, et qui déjà sont atteints du fléau, parce que nous gagnerions leur mal, et que leur haleine seule pourrait nous infecter ; ainsi, quand nous voudrons faire choix d'un ami, nous mettrons tous nos soins à nous adresser à l'âme la moins corrompue. C'est un commencement de maladie, que de mettre les personnes saines avec les malades ; non que j'exige de vous de ne rechercher que le sage, de ne vous attacher qu'à lui : hélas ! où le trouverez-vous, celui que nous cherchons depuis tant de siècles ? Pour le meilleur, prenons le moins méchant.

À peine auriez-vous pu vous flatter de faire un choix plus heureux, si, parmi les Platon, les Xénophon [1], et

---

1. Historien, essayiste et chef militaire grec (v. 430-v. 352 av. J.-C.), il fréquenta les sophistes, suivit sans doute l'enseignement d'Isocrate et fut l'élève de Socrate.

toute cette noble élite sortie du giron de Socrate, vous eussiez cherché des hommes de bien ; ou si vous pouviez revenir à ce siècle de Caton, qui produisit sans doute des personnages dignes de naître au temps de Caton, mais aussi autant de scélérats, autant de machinateurs de grands crimes qu'on en ait jamais vu. Il fallait en effet, et des uns et des autres ; pour que Caton pût être connu, il devait avoir, et des gens de bien pour obtenir leur approbation, et des méchants pour mettre sa vertu à l'épreuve. Mais aujourd'hui qu'il y a si grande disette de gens de bien, faisons le choix le moins mauvais possible.

Évitons surtout les gens moroses qui se chagrinent de tout, et pour qui tout est un sujet de plainte. Quelque fidèle, quelque dévoué que soit un ami, un compagnon, toujours troublé, toujours gémissant, n'en est pas moins le plus grand ennemi de notre tranquillité.

Des effets néfastes de la richesse

Passons aux richesses patrimoniales, qui sont la source des plus grandes misères de l'humanité : comparez tous les autres maux qui nous tourmentent, la pensée de la mort, les maladies, la crainte, les regrets, la douleur et les travaux, avec les maux que l'argent nous fait éprouver, vous trouverez que c'est de ce côté que l'emporte la balance.

En réfléchissant d'abord combien le chagrin de n'avoir pas est plus léger que celui de perdre ce qu'on a, nous comprendrons que les tourments de la pauvreté sont d'autant moindres, qu'elle a moins à perdre. C'est une erreur de penser que les riches souffrent plus patiemment que les pauvres des dommages qu'ils reçoivent : les grands corps sentent aussi bien que les petits la douleur de blessures.

Bion[1] a dit avec esprit : « Ceux qui ont une belle chevelure, ne souffrent pas plus volontiers que les chauves qu'on leur arrache les cheveux. » Tenez donc pour certain que chez les riches comme chez les pauvres, le regret de la perte est le même ; pour les uns comme pour les autres, leur argent leur tient si fort à l'âme, qu'on ne peut le leur arracher sans douleur. Il est donc plus facile et plus supportable, comme je l'ai dit, de n'avoir rien acquis que d'avoir perdu ce que l'on possède : aussi les personnes que la fortune n'a jamais regardées d'un air favorable, vous paraîtront toujours plus gaies que celles qu'elle a abandonnées.

Diogène[2], qui avait certainement une grande âme, l'avait bien compris ; et il s'arrangea de manière à ce qu'on ne pût lui rien ôter. Appelez cela pauvreté, dénuement, misère, et donnez à cet état de sécurité la qualification avilissante que vous voudrez, je ne cesserai de croire à la félicité de Diogène, que quand vous pourrez m'en montrer quelque autre qui n'ait rien à perdre. Je suis bien trompé, si ce n'est être roi que de vivre parmi des avares, des faussaires, des larrons, des receleurs d'esclaves, et d'être le seul à qui ils ne puissent faire tort.

Douter de la félicité de Diogène, ce serait douter aussi de la condition et de l'état des dieux immortels, et croire qu'ils ne sont pas heureux, parce qu'ils ne possèdent ni métairies, ni jardins, ni champs fertilisés par un colon étranger, ni capitaux rapportant gros intérêts sur la place. Quelle honte de s'extasier à la vue des richesses ! Jetez les yeux sur cet univers, vous verrez les dieux nus, donnant tout, et ne se réservant rien. Est-ce donc, à votre avis, devenir pauvre que de se rendre semblable aux dieux en se dépouillant des biens de la fortune ?

---

1. Bion de Boristhène, philosophe cynique du IIIᵉ siècle.
2. Philosophe grec de l'école cynique (413-327 av. J.-C.), connu pour son esprit caustique, son mépris des honneurs, des richesses et de toutes les convenances sociales, et pour sa recherche d'une vie sobre et naturelle.

Estimez-vous plus heureux que Diogène, Démétrius, l'affranchi de Pompée[1], qui n'eut pas honte d'être plus opulent que son maître ? Chaque jour on lui présentait la liste de ses esclaves, comme à un général l'effectif de son armée ; lui qui aurait dû se trouver riche avec deux substituts et un bouge moins étroit.

Mais Diogène n'avait qu'un seul esclave, et qui s'échappa : on lui dit où était cet homme ; mais il ne crut pas qu'il valût la peine de le reprendre. « Il serait, dit-il, honteux pour moi que Manès pût se passer de Diogène, et que Diogène ne pût se passer de Manès. » C'est comme s'il eût dit : « Ô fortune ! Va faire ailleurs de tes tours : tu ne trouveras rien chez Diogène, qui puisse être à toi. Mon esclave s'est enfui ; que dis-je ? Il s'en est allé libre. »

Une nombreuse suite d'esclaves demande à être vêtue et nourrie ; il faut remplir le ventre de tant d'animaux affamés ; il faut leur acheter des habits ; il faut avoir l'œil sur tant de mains rapaces ; il faut tirer service de tant d'êtres qui détestent et déplorent leur condition. Oh ! combien est plus heureux l'homme qui ne doit rien qu'à celui qui peut toujours refuser, c'est-à-dire à lui-même !

Nous sommes sans doute éloignés de tant de perfection : tâchons du moins de borner notre avoir, afin d'être moins exposés aux injures de la fortune. Les hommes de petite taille ont plus de facilité à se couvrir de leurs armes, que ces grands corps qui débordent le rang, et présentent de toutes parts leur surface aux blessures. La vraie mesure des richesses consiste à nous affranchir du besoin, sans trop nous éloigner de la pauvreté.

Cette mesure nous plaira, si nous avons du goût pour l'économie. Sans elle les plus grandes richesses ne suffisent pas, et avec elle on a toujours assez, d'autant plus que l'économie est un remède à notre portée : elle peut même, avec le secours de la frugalité, convertir la pauvreté en richesse.

---

1. Général et homme politique romain du Ier siècle av. J.-C.

Accoutumons-nous à éloigner de nous le faste, et recherchons en toutes choses l'utilité, et non point l'éclat extérieur. Ne mangeons que pour apaiser la faim ; ne buvons que pour la soif ; que nos appétits charnels n'aillent pas au-delà du vœu de la nature ; apprenons à nous servir de nos jambes pour marcher, et dans tout ce qui a rapport à notre vêtement et à notre subsistance, ne consultons pas les nouvelles modes, mais conformons-nous aux mœurs de nos ancêtres. Apprenons à devenir chaque jour plus raisonnables ; à bannir le luxe, à dompter la gourmandise, à surmonter la colère, à envisager la pauvreté d'un œil calme, à pratiquer la frugalité, quand bien même nous aurions de la honte à satisfaire aux besoins naturels par des moyens peu coûteux ! Enfin à ces folles espérances, à ces vœux désordonnés qui s'élancent dans l'avenir, sachons imposer d'insurmontables limites, et accoutumons-nous à attendre nos richesses de nous-mêmes, plutôt que de la fortune.

On ne pourra jamais, je dois le reconnaître, si bien prévenir les variables et injustes caprices du sort, qu'on n'ait encore à essuyer bien des tourmentes quand on a beaucoup de vaisseaux en mer. Il faut concentrer son avoir sur un espace restreint, pour que les traits de la fortune tombent à côté. Il est parfois arrivé que les exils et d'autres catastrophes ont eu l'effet de remèdes salutaires. De légères disgrâces ont guéri de grands maux, alors qu'un esprit rebelle aux préceptes n'était pas susceptible d'un traitement plus doux. Mais pourquoi ces adversités ne lui seraient-elles pas utiles ? Car si la pauvreté, l'ignominie, la perte de son existence sociale doivent lui advenir, c'est un mal qui combat un autre mal. Accoutumons-nous donc à pouvoir souper sans un peuple d'assistants et de convives, à nous faire servir par moins d'esclaves, à ne porter des habits que pour l'usage qui les a fait inventer, à être logés plus à l'étroit. Ce n'est pas seulement dans les courses et dans les luttes du cirque, mais dans la carrière de la vie qu'il faut savoir se replier sur soi-même.

Les dépenses occasionnées par les études, et qui sont les plus honorables de toutes, ne me paraissent raisonnables qu'autant qu'elles sont modérées. Que me font ces milliers de livres, ces bibliothèques innombrables, dont, pour lire les titres, toute la vie de leurs propriétaires suffirait à peine ? Cette multiplicité des livres est plutôt une surcharge qu'un aliment pour l'esprit ; et il vaut mieux s'attacher à peu d'auteurs que d'égarer, sur cent ouvrages, son attention capricieuse.

Quarante mille volumes[1], superbe monument d'opulence royale, ont été la proie des flammes à Alexandrie. Que d'autres s'appliquent à vanter cette bibliothèque appelée par Tite-Live[2] le chef-d'œuvre du goût et de la sollicitude des rois. Je ne vois là ni goût, ni sollicitude : je vois un luxe littéraire, que dis-je, littéraire ? Ce n'étaient pas les lettres, mais l'ostentation qu'avaient eue en vue les auteurs de cette collection. Ainsi, tel homme, qui n'a pas même la culture littéraire d'un enfant, a des livres qui, sans jamais servir à ses études, sont là pour l'ornement de sa salle à manger. Qu'on se borne donc à acheter des livres pour son usage, et non pour en faire étalage.

Il est plus honnête, direz-vous, d'employer ainsi son argent, qu'en vases de Corinthe et en tableaux. En toutes choses l'excès est un vice. Pourquoi cette indulgence exclusive pour un homme qui, tout glorieux de ses armoires de cèdre et d'ivoire, recherchant les ouvrages d'auteurs inconnus ou méprisés, bâille au milieu de ces milliers de livres, et met tout son plaisir dans leurs titres et dans leurs couvertures ?

Chez les hommes les plus paresseux, vous trouverez la collection complète des orateurs et des historiens, et des rayons de tablettes élevés jusqu'aux combles. Aujourd'hui les bains mêmes et les thermes sont garnis

1. Ce chiffre variant de quarante mille à quatre cent mille selon les sources.
2. Historien romain du Ier siècle av. J.-C. et philosophe de l'histoire animé par un patriotisme profond.

d'une bibliothèque : c'est l'ornement obligé de toute maison. Je pardonnerais cette manie, si elle venait d'un excès d'amour pour l'étude ; mais aujourd'hui, on ne se met en peine de rechercher les chefs-d'œuvre et les portraits de ces merveilleux et divins esprits, que pour en parer les murailles.

De l'attitude à adopter face à l'adversité

Mais vous vous êtes trouvé jeté dans un genre de vie pénible, et sans qu'il y ait de votre faute ; des malheurs publics, ou personnels, vous ont imposé un joug que vous ne pouvez délier ni briser. Songez alors que ceux qui sont enchaînés ont d'abord de la peine à supporter la pesanteur et la gêne de leurs fers ; mais dès qu'une fois, renonçant à une fureur impuissante, ils ont pris le parti de souffrir patiemment ces entraves, la nécessité leur apprend à les porter avec courage, et l'habitude légèrement. On peut, dans toutes les situations de la vie, trouver des agréments, des compensations et des plaisirs, à moins que vous ne préfériez vous complaire dans une vie misérable, au lieu de la rendre digne d'envie.

Le plus grand des services que nous ait rendus la nature, c'est que, sachant à combien de misères nous étions prédestinés, elle a placé pour nous l'adoucissement de tous les maux dans l'habitude, qui bientôt nous familiarise avec les choses les plus pénibles. Nul ne pourrait y résister, si la vivacité du sentiment, qu'excitent en nous les premiers coups de l'adversité, ne s'émoussait à la longue.

Nous sommes tous liés à la fortune ; les uns par une chaîne d'or et assez lâche ; les autres, par une chaîne serrée et de métal grossier. Mais qu'importe ? La même prison renferme tous les hommes ; et ceux qui nous ont enchaînés portent aussi leurs fers, à moins que l'on ne trouve plus légère la chaîne qui charge la main gauche de son gardien. Les uns sont enchaînés par l'ambition, les autres par l'avarice ; celui-ci trouve dans sa noblesse, et celui-là dans son obscurité, une chaîne également pesante ; il en est qui sont asservis à des maîtres étrangers, d'autres sont leurs tyrans à eux-mêmes. Ainsi que l'exil, les sacerdoces enchaînent au même lieu. Toute existence est esclavage.

Il faut donc nous faire à notre condition, nous en plaindre le moins possible, et profiter de tous les avantages qu'elle peut offrir. Il n'en est point de si dure en laquelle un esprit judicieux ne puisse trouver quelque soulagement. Souvent l'espace le plus étroit, grâce au talent de l'architecte, a pu s'étendre à plusieurs usages, et une habile ordonnance peut rendre le plus petit coin habitable. Opposez la raison à tous les obstacles : corps durs, espaces étroits, fardeaux pesants, l'industrie sait tout amollir, étendre, allégir.

Il ne faut pas d'ailleurs porter nos désirs sur des objets éloignés ; ne les laissons aller que sur ce qui est près de nous, puisque nous ne pouvons entièrement les renfermer en nous-mêmes. Renonçons donc à l'impossible, à ce qui ne peut qu'à grand-peine s'obtenir ; ne cherchons que ce qui, se trouvant à notre portée, doit encourager nos espérances. Mais n'oublions pas que toutes choses sont également frivoles, et que, malgré la diversité de leur apparence extérieure, elles ne sont toutes au fond que vanité. Ne portons pas envie à ceux qui sont plus élevés que nous : ce qui nous paraît élévation, n'est souvent que le bord d'un abîme.

Quant à ceux que la fortune perfide a placés dans ce lieu glissant, ils assureront leur sûreté en dépouillant leur grandeur de ce faste qui lui est naturel, et en ramenant, autant qu'ils le pourront, leur fortune au niveau de la plaine. Il en est beaucoup qui, par nécessité, sont enchaînés à leur grandeur ; ils n'en pourraient descendre sans tomber ; ils sont là pour témoigner que le plus lourd fardeau qui pèse sur eux est de se voir contraints à être à charge aux autres, au-dessus desquels ils ne sont pas

élevés, mais attachés. Que par leur justice, leur mansué-
tude, une autorité douce, des manières gracieuses, ils se
préparent des ressources pour le sort qui les attend ; cet
espoir calmera leurs craintes au bord du précipice.

Rien ne pourra mieux les assurer, contre ces grandes
tempêtes qui s'élèvent dans l'intérieur de l'âme, que d'imposer toujours quelque limite à l'accroissement de leur
grandeur ; d'ôter à la fortune la faculté de les quitter à
sa fantaisie, et de s'arrêter d'eux-mêmes en deçà du
terme. Cette conduite n'empêchera pas peut-être l'aiguil-
lon de quelques désirs de se faire sentir à leur âme ; mais
ils seront bornés, et ne pourront l'entraîner à l'aventure
dans la démesure.

Détachement du sage

C'est aux gens d'une sagesse et d'une instruction
imparfaites et médiocres que mon discours s'adresse, et
non pas au sage. Pour lui, ce n'est point d'un pas timide
et lent qu'il doit marcher. Sa confiance en lui-même doit
être telle, qu'il ne craindra pas d'aller au-devant de la
fortune, et que jamais il ne reculera devant elle. En quoi
pourrait-il craindre, puisque, non seulement ses esclaves, ses propriétés, ses dignités, mais son corps, ses yeux,
ses mains, et tout ce qui pourrait l'attacher à la vie, sa
personne en un mot, ne sont à ses yeux que des biens
précaires ? Il vit comme par bénéfice d'emprunt, prêt à
restituer, sans regret, aussitôt qu'il en sera requis ; non
qu'il s'en estime moins pour cela, mais il sait qu'il ne
s'appartient pas ; et il fera toutes choses avec autant de
soin, de circonspection et de scrupule, qu'un homme
consciencieux et probe chargé d'un dépôt.

Quand le moment de la restitution sera venu, il ne se
répandra pas en plaintes contre la fortune, mais il dira :
« Je te rends grâce de ce que tu as mis en ma disposition ;
il est vrai que ce n'est pas sans de fortes avances que j'ai
administré tes biens ; mais, puisque tu l'ordonnes, je te

les remets volontiers et avec reconnaissance. Veux-tu me laisser conserver quelque autre bien qui t'appartienne, je saurai encore le garder : si tu en décides autrement, voici mon or, mon argenterie, ma maison, mes esclaves, je te les restitue. » Sommes-nous appelés par la nature, qui fut notre premier créancier, nous lui dirons aussi : « Reprends une âme meilleure que tu ne me l'avais confiée : je ne tergiverse ni ne recule ; je te remets volontairement un bien que tu m'avais confié alors que je ne pouvais en avoir l'intelligence : emporte-le. »

Retourner au lieu d'où l'on est parti, qu'y a-t-il là de si terrible ? On vit mal quand on ne sait pas bien mourir. La vie est la première chose dont il faut rabaisser le prix, et l'existence doit être aussi regardée comme une servitude. « Parmi les gladiateurs, dit Cicéron [1], nous prenons en haine ceux qui tâchent d'obtenir la vie sauve par toutes sortes de moyens ; nous nous intéressons à ceux qui témoignent du mépris pour elle. » Ainsi de nous ; souvent la crainte qu'on a de mourir devient une cause de mort.

La fortune, qui se donne à elle-même des jeux, dit aussi : « Pourquoi t'épargnerais-je, être méchant et timide ? Tes blessures seront d'autant plus nombreuses et plus profondes, que tu ne sais pas tendre la gorge. Mais toi, tu vivras plus longtemps, et tu subiras une mort plus prompte, parce que devant le glaive, tu ne retires point ton cou en arrière et ne tends point les mains, mais tu l'attends avec courage. »

Craindre toujours la mort, c'est ne jamais faire acte d'homme vivant : mais celui qui sait, qu'au moment même où il fut conçu, son arrêt fut porté, saura vivre selon la loi de la nature, et trouvera ainsi la même force d'âme à opposer aux événements dont aucun pour lui ne sera jamais imprévu. Car, en pressentant de bien loin tout ce qui peut arriver, il amortira les premiers coups

---

1. Célèbre homme politique et orateur latin du Ier siècle av. J.-C.

du malheur. Pour l'homme qui y est préparé et qui l'attend, le malheur n'a rien de nouveau ; ses atteintes ne sont pénibles qu'à ceux qui, vivant en sécurité, n'envisagent que le bonheur dans l'avenir.

La maladie, la captivité, la chute ou l'incendie de ma maison, rien de tous ces maux n'est inattendu pour moi : je savais bien dans quel logis, bruyant et tumultueux, la nature m'avait confiné. Tant de fois, dans mon voisinage, j'ai entendu le dernier adieu adressé aux morts ; tant de fois, devant ma porte, j'ai vu les torches et les flambeaux précéder des funérailles prématurées. Souvent a retenti à mes oreilles le fracas d'un édifice qui s'écroulait. Et combien de personnes sortant avec moi du barreau, du sénat, d'un entretien, ont été emportées dans la nuit ! Combien la mort a, dans leur étreinte, séparé de mains unies par la confraternité ! M'étonnerais-je de me voir quelquefois atteint par des dangers qui n'ont jamais cessé de planer autour de moi ?

La plupart des hommes toutefois, quand ils partent en mer, ne songent point à la tempête. Jamais, quand j'y trouve une chose bonne, je ne me ferai faute d'alléguer un assez mauvais auteur. Publilius [1], dont l'énergie surpassait celle de tous les poètes tragiques et comiques, toutes les fois qu'il voulut renoncer à ses plates bouffonneries et à ses quolibets faits pour les dernières classes du peuple, a dit, entre autres mots non seulement plus relevés que la comédie ne le comporte, mais au-dessus même de la gravité du cothurne : « Ce qui advient à quelqu'un, peut advenir à tous. » Si l'on pouvait jusqu'au fond de l'âme se pénétrer de cette vérité, et se représenter que tous les maux qui arrivent aux autres, chaque jour et en si grand nombre, ont le chemin libre pour parvenir jusqu'à nous, on serait armé avant que d'être

---

1. Publilius Syrus, poète latin du Ier siècle av. J.-C. et auteur de mimes très applaudis pendant plusieurs siècles.

attaqué. Il est trop tard, pour fortifier son âme contre le péril, quand le péril est en présence.

« Je ne pensais pas que cela pût arriver ! Je n'aurais jamais cru cet événement possible ! » Et pourquoi non ? Quelles sont les richesses à la suite desquelles ne marchent point la pauvreté, la faim et la mendicité ? Quelle dignité, dont la robe prétexte, le bâton augural et la chaussure patricienne qui ne soit accompagnée de souillures, de bannissement, de notes infamantes, de mille flétrissures, et du dernier mépris ? Quelle couronne n'est point menacée de sa chute, de sa dégradation, d'un maître et d'un bourreau ? Et, pour un tel changement, il ne faut pas un bien long intervalle : un seul moment suffit pour tomber du trône aux genoux du vainqueur.

Sachez donc que toute condition est sujette au changement et que ce qui arrive à tout autre peut vous arriver aussi. Vous êtes opulent ; mais êtes-vous plus riche que Pompée ? Cependant, lorsque, grâce à leur ancienne parenté, Caligula[1], hôte de nouvelle espèce, lui eut ouvert le palais de César en lui fermant sa propre maison, Pompée manqua de pain et d'eau. Bien qu'il fût propriétaire de fleuves qui avaient leur source et leur embouchure dans ses terres, il fut réduit à mendier l'eau des gouttières, et périt de faim et de soif dans le palais de son parent, tandis que son héritier faisait préparer les funérailles publiques de ce pauvre affamé.

Vous êtes parvenu aux plus hautes dignités ? En avez-vous d'aussi hautes, d'aussi inespérées, d'aussi nombreuses que Séjan[2] ? Eh bien ! le jour même que le sénat lui avait fait cortège jusqu'à sa maison, le peuple le déchira en pièces ; et de ce ministre, sur lequel les dieux et les hommes avaient accumulé toutes les faveurs qui

---

1. Empereur romain du Ier siècle.
2. Homme politique romain (20 av. J.-C.-31 apr. J.-C.) qui, pour mieux assurer sa marche vers le pouvoir, empoisonna Drusus le fils de l'empereur, et exploita les complots formés contre Tibère.

peuvent se prodiguer, il ne resta rien que le bourreau pût emporter.

Vous êtes roi : je ne vous renverrai pas à Crésus[1] qui, sur l'ordre d'un vainqueur, monta sur son bûcher, et en vit s'éteindre les flammes, survivant ainsi à son royaume, et même à sa mort ; je ne vous citerai pas Jugurtha[2] qui, dans la même année, fit trembler le peuple romain, et lui fut donné en spectacle. Mais Ptolémée, roi d'Afrique, et Mithridate, roi d'Arménie, nous les avons vus dans les fers de Caligula ; l'un fut exilé, l'autre eût désiré qu'on le renvoyât libre sur sa parole. Dans ces vicissitudes continuelles d'élévation et d'abaissement, si vous ne regardez pas tout ce qui est possible comme devant vous arriver un jour, vous donnez contre vous des forces à l'adversité ; on ne manque jamais d'en triompher, au contraire, quand on sait la prévoir.

Éviter l'agitation stérile

L'essentiel ensuite est de ne point se tourmenter pour des objets ou par des soins superflus ; c'est-à-dire, de ne point convoiter ce que nous ne pouvons avoir ; et quand nous avons obtenu ce que nous désirions, de ne pas trop tard en reconnaître, à notre grande confusion, toute la vanité : en un mot, que nos efforts ne soient ni sans objet, ni sans résultat, et que ce résultat ne soit point au-dessous de nos efforts. En effet, on regrette presque autant de n'avoir point réussi, que d'avoir à rougir du succès.

Retranchons les allées et venues si ordinaires à ces hommes qu'on voit se montrer alternativement dans les cercles, au théâtre, dans les tribunaux : grâce à leur

---

1. Roi de Lydie au VIe siècle av. J.-C., dont les richesses fabuleuses provenaient des sables aurifères du Pactole.
2. Roi de Numidie du IIe siècle av. J.-C., qui prit Cirta avant que Rome ne lui déclare la guerre, fut tenu en échec et livré aux Romains.

manie de se mêler des affaires d'autrui, ils ont toujours l'air occupés. Demandez-vous à l'un d'eux sortant de chez lui : « Où allez-vous ? Quel est votre projet aujourd'hui ? » Il vous répondra : « Je n'en sais vraiment rien ; mais je verrai du monde, je trouverai bien quelque chose à faire. »

Ils courent çà et là sans dessein, quêtant des affaires, ne faisant jamais celles qu'ils avaient projetées, mais celles que l'occasion vient leur offrir. Leurs courses sont sans but, sans résultat, comme celles des fourmis qui grimpent sur un arbre ; montées jusqu'au sommet sans rien porter, elles en descendent à vide. Presque tous ces désœuvrés mènent une vie toute semblable à celle de ces insectes, et l'on pourrait à bon droit appeler leur existence une oisiveté active.

Quelle pitié d'en voir quelques-uns courir comme pour éteindre un incendie, bousculant ceux qui se trouvent sur leur passage, tombant, et faisant tomber les autres avec eux ! Cependant, après avoir bien couru, soit pour saluer quelqu'un qui ne leur rendra pas leur salut, soit pour suivre le cortège d'un défunt qu'ils ne connaissaient pas, soit pour assister au jugement obtenu par un plaideur de profession, soit pour être témoins des fiançailles d'un homme qui change souvent de femmes, soit enfin pour grossir le cortège d'une litière qu'au besoin eux-mêmes porteraient, ils rentrent enfin au logis accablés d'une inutile fatigue. Ils protestent qu'ils ne savent pas eux-mêmes pourquoi ils sont sortis, où ils sont allés ; et demain on les verra recommencer les mêmes courses.

Que tout effort ait donc un but, un résultat : ces occupations futiles produisent, sur ces prétendus affairés, le même effet que les chimères sur l'esprit des aliénés ; car ceux-ci même ne se remuent point sans être poussés par quelque espoir ; ils sont excités par des apparences dont leur esprit en délire ne leur permet pas de connaître le peu de réalité.

Il en est de même de tous ceux qui ne sortent que pour grossir la foule : les motifs les plus vains et les plus légers les promènent d'un bout de la ville à l'autre ; et sans qu'ils aient rien à faire au monde, l'aurore les chasse de chez eux. Enfin, après s'être heurtés en vain à plusieurs portes, et confondus en salutations auprès de maints nomenclateurs, dont plus d'un a refusé de les faire entrer, la personne qu'ils trouvent le plus difficilement au logis, c'est eux-mêmes.

De ce travers naît un vice des plus odieux : la manie d'écouter tout ce qui se dit, la curiosité pour les secrets publics et privés, la connaissance d'une foule d'anecdotes qu'on ne peut sans péril ni rapporter ni entendre.

C'est sans doute à ce propos que Démocrite a dit : « Pour vivre tranquille, il faut embrasser peu d'affaires publiques ou privées. » Il entendait vraisemblablement par là les affaires inutiles : car celles qui sont nécessaires, tant dans l'ordre politique que dans l'ordre civil, on doit s'y livrer sans réserve et sans en limiter le nombre ; mais tant qu'un devoir impératif ne nous y oblige point, il faut nous abstenir de toute démarche.

Souvent, en effet, plus on agit, plus on donne sur soi-même de prise à la fortune ; le plus sûr est de la mettre rarement à l'épreuve, ensuite de penser toujours à son inconstance, et de ne point compter sur sa loyauté. Je m'embarquerai, si rien ne m'en empêche ; je serai préteur, si rien n'y met obstacle, et telle affaire réussira, si rien ne vient à la traverse.

Voilà ce qui nous fait dire que rien n'arrive au sage contre son attente ; nous ne l'avons pas soustrait aux malheurs, mais aux faux calculs que font les autres hommes. Si ce n'est pas selon ses vœux que toutes choses lui arrivent, c'est du moins selon ses prévisions ; enfin, avant tout, il a prévu que ses projets rencontreraient quelque obstacle. Nul doute que le mauvais succès d'une entreprise ne cause à l'âme moins de déplaisir et de douleur, quand on ne s'est pas promis de réussir.

Savoir accepter son sort

Nous devons aussi nous rendre souples, et ne point nous attacher trop vivement à nos projets : sachons nous laisser guider par le sort ; ne craignons pas les changements dans nos plans et dans notre condition, mais n'allons pas tomber dans la légèreté, ce vice essentiellement ennemi de notre repos. En effet, si ce ne peut être sans un déplorable tourment d'esprit que l'opiniâtreté se voit presque toujours en butte aux mécomptes de la fortune, bien pire encore est la légèreté qui ne peut jamais compter sur elle-même. Ce sont deux excès également contraires à la tranquillité, de ne pouvoir ni changer de condition, ni rien souffrir.

Il faut donc que l'âme, entièrement à soi-même, se détache de tous les objets extérieurs ; qu'elle prenne confiance en elle ; qu'autant que possible elle cherche en elle-même sa joie ; qu'elle n'estime que ses propres biens ; se retire de tous ceux qui lui sont étrangers ; se replie sur elle-même, devienne insensible aux pertes, et interprète en un sens favorable l'adversité même.

On vint annoncer à notre Zénon que tous ses biens avaient péri dans un naufrage : « La fortune, dit-il, veut que je me livre à la philosophie avec plus de liberté d'esprit. » Un tyran menaçait le philosophe Théodore[1] de le faire mourir, et de le priver de sépulture. « Tu peux te donner ce plaisir, reprit Théodore ; j'ai une pinte de sang à ton service. Quant à ma sépulture, quelle folie à toi de penser qu'il m'importe en rien de pourrir dans le sein de la terre ou à sa surface ! »

Canus Julius, un des plus grands hommes qui aient existé, et dont la gloire n'a point souffert d'être né même dans ce siècle, venait d'avoir une longue altercation avec Caligula ; comme il s'en allait, le nouveau Phalaris[2] lui

---

1. Théodore de Cyrène, philosophe et mathématicien, ami de Socrate.
2. Tyran d'Agrigente au VIe siècle av. J.-C., à la cruauté légendaire.

dit : « Ne vous flattez pas au moins d'une folle espérance, j'ai donné l'ordre de votre supplice. — Grâces vous soient rendues, très excellent prince ! »

Qu'entendait-il par ce mot ? Je ne sais trop ; car il me présente plusieurs sens. Voulait-il adresser à Caligula une sanglante invective, et peindre toute la cruauté d'une tyrannie sous laquelle la mort était un bienfait ? Voulait-il lui reprocher cette furieuse démence, qui obligeait à lui rendre grâce, et ceux dont il tuait les enfants, et ceux dont il ravissait les biens ? Ou bien acceptait-il volontiers la mort comme un affranchissement ? Quel que soit le sens qu'on donne à sa réponse, elle partait du moins d'une grande âme.

On va me dire : « Mais Caligula aurait pu le laisser vivre. » Canus n'avait pas cette crainte ; il savait trop bien que pour donner de pareils ordres on pouvait compter sur la parole du tyran. Croiriez-vous que les dix jours d'intervalle qui s'écoulèrent jusqu'à son supplice, Canus les passa sans aucune inquiétude ? Les discours, les actions, la profonde tranquillité de ce grand homme vont au-delà de toute vraisemblance.

Il faisait une partie d'échecs, lorsque le centurion, qui conduisait au supplice une foule d'autres victimes, vint l'avertir ; Canus compta ses points, et dit à son partenaire : « Au moins, après ma mort, n'allez pas vous vanter d'avoir gagné. » Puis, s'adressant au centurion : « Soyez témoin que j'ai l'avantage d'un point. » Croyez-vous que Canus fût si fort occupé de son jeu ? Non, mais il se jouait de son bourreau.

Ses amis étaient consternés de perdre un tel homme : « Pourquoi cette tristesse ? leur dit-il. Vous êtes en peine de savoir si les âmes sont immortelles ; je vais savoir à quoi m'en tenir. » Et jusqu'au dernier moment, il ne cessa de chercher la vérité, et de demander à sa propre mort la solution de ce problème.

Il était suivi d'un philosophe attaché à sa personne ; et déjà il approchait de l'éminence où chaque jour on offrait des sacrifices à César notre dieu : « À quoi pensez-vous maintenant, lui demanda le philosophe, et quelle idée vous occupe ? — Je me propose, répondit-il, d'observer, dans ce moment si court, si je sentirai mon âme s'en aller. » Puis il promit, s'il découvrait quelque chose, de venir trouver ses amis pour les informer de ce que devenait l'âme.

Voilà ce qui s'appelle de la tranquillité au milieu de la tempête ! Est-elle assez digne de l'immortalité, cette âme qui, dans ce fatal passage, cherche un moyen de connaî-tre la vérité ; qui, placée sur l'extrême limite de la vie, interroge son dernier souffle qui s'exhale, et ne veut pas seulement étudier jusqu'à la mort, mais dans la mort même ! Personne n'a jamais philosophé plus longtemps. Mais il ne faut pas quitter brusquement un si grand homme, à qui l'on ne saurait accorder trop d'estime et trop de louanges. Oui, nous te recommanderons à la postérité la plus reculée, illustre victime, dont la mort tient une si grande place parmi les forfaits de Caligula !

Ne pas se laisser démoraliser

Mais il ne sert à rien de s'être mis à l'abri de tous les motifs personnels de tristesse. Parfois la misanthropie s'empare de votre âme, en voyant le crime partout heu-reux, la candeur si rare, l'innocence si peu connue, la bonne foi si négligée quand elle est sans profit, les gains et les prodigalités de la débauche également odieux ; enfin, l'ambition si effrénée que, se méconnaissant elle-même, elle cherche son éclat dans l'infamie. Alors une sombre nuit environne notre âme, et dans cet anéantis-sement des vertus impossibles à trouver chez les autres, et nuisibles à celui qui les a, elle se remplit de doute et d'obscurité.

Pour nous détourner de ces idées, faisons en sorte que les vices des hommes ne nous paraissent pas odieux, mais risibles ; et sachons imiter Démocrite plutôt qu'Héraclite[1]. Le premier ne se montrait jamais en public sans pleurer ; le second, sans rire. L'un, dans tout ce que font les hommes, ne voyait que misère ; le second, qu'ineptie. Il faut donc attacher peu d'importance à toutes choses, et ne nous passionner pour aucune. Il est plus conforme à l'humanité de se moquer des choses de la vie que d'en gémir.

Ajoutez que mieux vaut pour le genre humain s'en moquer, que se lamenter à son sujet. L'homme qui rit de ses semblables laisse du moins place à l'espérance ; et c'est sottement qu'on déplore ce qu'on désespère de jamais amender ; enfin, à tout bien considérer, il est d'une âme plus haute de ne pouvoir s'empêcher de rire, que de s'abandonner aux larmes. Dans le premier cas, l'âme n'est affectée que bien légèrement, et ne voit rien de grand, de raisonnable, ni de sérieux dans tout l'appareil de la vie humaine.

Qu'on prenne l'une après l'autre toutes les occasions qui peuvent nous attrister ou nous réjouir, et l'on reconnaîtra combien est vrai ce mot de Bion : « Toutes les affaires qui occupent les hommes sont de vraies comédies, et leur vie n'est ni plus honnête ni plus sérieuse que les vains projets qu'ils conçoivent dans leur pensée. »

Mais il est plus sage de supporter doucement les dérèglements publics et les vices de l'humanité, sans se laisser aller ni aux rires ni aux larmes ; car se tourmenter des maux d'autrui, c'est se rendre éternellement malheureux ; s'en réjouir est un plaisir cruel ; comme aussi, c'est montrer une compassion inutile, que de pleurer et de composer son visage, parce qu'un homme va mettre son fils en terre. De même, dans vos chagrins personnels, n'accordez à la douleur que ce que réclame la raison, et non le préjugé ou la coutume. La plupart des hommes

---

1. Philosophe grec de l'école ionienne du VIe siècle av. J.-C., considéré comme le père de la dialectique.

versent des larmes pour qu'on les voie couler : leurs yeux deviennent secs dès qu'il n'y a plus de témoin ; ils auraient honte de ne point pleurer lorsque tout le monde pleure. La mauvaise habitude de se régler sur l'opinion d'autrui est si profondément enracinée, qu'on en vient à simuler le plus naturel de tous les sentiments, la douleur.

Vient ensuite un autre motif de chagrin, sans doute assez fondé, et bien capable de nous jeter dans l'anxiété ; ce sont les disgrâces qui frappent les gens de bien. Ainsi Socrate est forcé de mourir en prison ; Rutilius, de vivre dans l'exil ; Pompée et Cicéron, de tendre la gorge au poignard d'un client ; Caton enfin, ce modèle achevé de la vertu, d'immoler la république du même coup dont il se perce le sein. Ne devons-nous pas nous plaindre de ce que la fortune donne de si cruelles récompenses ? Et que pourra-t-on espérer pour soi, lorsqu'on voit les plus affreux malheurs affliger les plus pures vertus ?

Que faut-il donc faire ? Voir d'abord comment ces grands hommes ont supporté ces infortunes : si c'est en héros, enviez leur courage ; si c'est avec faiblesse et lâcheté qu'ils ont péri, leur perte est indifférente. Ou leur vertueuse fermeté mérite votre admiration, ou leur lâcheté ne mérite pas vos regrets. Ne serait-il pas honteux que la mort courageuse d'un grand homme nous rendît timides et pusillanimes ?

Louons plutôt en lui un héros digne à jamais de nos éloges, et disons : « D'autant plus heureux que vous avez montré plus de courage, vous voilà délivré des malheurs de l'humanité, de l'envie, de la maladie. Vous voilà sorti de la prison. Les dieux, loin de vous exposer aux indignités de la mauvaise fortune, vous ont jugé digne d'être désormais à l'abri de ses traits. » Mais, pour ceux qui veulent se soustraire à ses coups, et qui, entre les bras de la mort, ramènent leurs regards vers la vie, il faut user de violence pour les contraindre à franchir le pas.

Je ne pleurerai pas plus à la vue d'un homme joyeux, qu'en voyant tout autre pleurer. Le premier sèche mes larmes ; le second, par ses pleurs, se rend indigne des miens. Quoi ! je pleurerais Hercule[1], qui se brûle tout vif ; Régulus[2], percé de mille pointes aiguës ; Caton, rouvrant lui-même ses plaies ? Ils ont échangé un court espace de temps contre une vie qui ne finira jamais : la mort a été pour eux un passage à l'immortalité.

Rester naturel

Il est une autre source assez féconde d'inquiétudes et de soins, c'est de se contrefaire, de ne jamais montrer un visage naturel, comme nous voyons maintes gens dont toute la vie n'est que feinte et dissimulation. Quel tourment que cette perpétuelle attention sur soi-même, et cette crainte d'être aperçu sous un aspect différent de celui sous lequel on se montre d'habitude ! Point de relâche pour celui qui s'imagine qu'on ne le regarde jamais qu'avec l'intention de le juger. En effet, maintes circonstances viennent, malgré nous, nous démasquer. Dût cette surveillance sur soi-même avoir tout le succès qu'on en attend, quel agrément, quelle sécurité peut-il y avoir dans une vie qui se passe tout entière sous le masque ?

Au contraire, combien est semée de jouissances une sincérité toute simple, qui n'a pas d'autre ornement qu'elle-même, et qui ne jette aucun voile sur ses mœurs ! Toutefois cette manière de vivre encourt le mépris, si elle se montre sur tous les points trop à découvert : car les hommes admirent peu ce qu'ils voient de trop près. Mais ce n'est point la vertu qui court le danger de perdre de son prix en se montrant aux regards ; mieux vaut être

---

1. Demi-dieu romain, dont on constate la présence dès 399 av. J.-C.
2. Homme politique et général romain du IIIe siècle av. J.-C., il dirigea la campagne d'Afrique lors de la première guerre punique. Fait prisonnier en 255 av. J.-C., il fut ensuite envoyé à Rome, sur parole, pour y négocier un échange de prisonniers. Mais il dissuada le sénat romain d'accepter les conditions de Carthage et fut, à son retour, supplicié par les Carthaginois.

méprisé pour sa candeur, que continuellement tourmenté du soin de dissimuler. Il faut, à cet égard, un juste milieu ; car il est bien différent de vivre simplement ou avec trop d'abandon.

Alterner la solitude et la vie de société, le travail et le divertissement

Il est bon de se retirer souvent en soi-même ; la fréquentation des gens qui ne nous ressemblent pas trouble le calme de l'esprit, réveille les passions, et rouvre les plaies de notre âme, s'il y est encore quelques parties faibles et à peine cicatrisées. Il faut donc entremêler les deux choses, et chercher tour à tour la solitude et le monde. La solitude nous fera désirer la société, et le monde de revenir à nous-mêmes : l'une et l'autre se serviront de remède. La retraite adoucira notre misanthropie, et la société dissipera l'ennui de la solitude.

Il ne faut pas non plus tenir toujours l'esprit tendu ; il est bon de l'égayer quelquefois par des amusements. Socrate ne rougissait pas de jouer avec des enfants, et Caton cherchait dans le vin une distraction à son esprit fatigué des affaires publiques. Scipion, ce héros triomphateur, s'exerçait à la danse, non point avec ces déhanchements alanguis qui, par le temps qui court, rendent la démarche des hommes cent fois plus affectée que celle des femmes ; mais avec la contenance de nos anciens héros, lorsque aux jours de fête ils menaient une danse héroïque, en telle façon qu'ils eussent pu, sans inconvénient, avoir pour spectateurs les ennemis mêmes de la patrie.

Il faut donner du relâche à l'esprit : il reprend des forces et de l'ardeur par le repos. Aux champs fertiles on n'impose pas le tribut d'une récolte, parce que leur fécondité, toujours mise à contribution, finirait par s'épuiser ; ainsi, un travail trop assidu éteint l'ardeur des esprits. Le repos et la distraction leur redonnent des forces. De

la trop grande continuité de travaux naissent l'épuise-
ment et la langueur.

L'on ne verrait pas les hommes se livrer avec tant
d'ardeur aux divertissements et aux jeux, si la nature n'y
avait attaché un plaisir dont il ne faut pas abuser, sous
peine de faire perdre à l'esprit toute sa gravité et tout
son ressort. Le sommeil est nécessaire pour réparer nos
forces, mais vouloir le prolonger, et la nuit, et le jour,
ce serait une vraie mort. Il y a une grande différence
entre le relâche et le relâchement.

Les législateurs ont institué des jours de fêtes, afin que
les hommes, rassemblés pour ces réjouissances, trouvas-
sent à leurs travaux un délassement, une interruption
nécessaires. Et de grands personnages, m'a-t-on dit, se
donnaient chaque mois quelques jours de vacance ;
d'autres même partageaient chaque journée entre le
repos et les affaires. Je me souviens, entre autres, qu'Asi-
nius Pollion[1], ce fameux orateur, ne s'occupait plus
d'aucune affaire passé la dixième heure ; dès lors il ne
lisait pas même ses lettres, de peur qu'elles ne fissent
naître pour lui quelque nouveau souci ; mais durant ces
deux heures, il se délassait de la fatigue de toute la journée. D'autres, s'interrompant au milieu du jour, ont
réservé l'après-midi pour les affaires de moindre importance. Nos ancêtres ne voulaient point que, passé la
dixième heure, on ouvrît dans le sénat aucune délibéra-
tion nouvelle. Les gens de guerre répartissent entre eux
le service de nuit, et ceux qui reviennent d'une expédi-
tion ont leur nuit franche.

L'esprit demande des ménagements ; il faut lui accorder un repos qui soit comme l'aliment réparateur de ses
forces épuisées. La promenade dans des lieux décou-
verts, sous un ciel libre et au grand air, récrée et
retrempe l'esprit. Quelquefois un voyage en litière et le
changement de lieu, comme aussi quelque excès dans le

---

1. Homme politique et écrivain latin du Ier siècle av. J.-C.

manger et dans le boire, lui redonnent une nouvelle vigueur. Parfois même on peut aller jusqu'à l'ivresse, non pour s'y plonger, mais pour y trouver un excitant ; elle dissipe les chagrins et réveille la faculté de l'âme, et entre autres maladies guérit la tristesse. On a donné le nom de Liber à l'inventeur du vin, non parce qu'il provoque la licence des paroles, mais parce qu'il délivre l'âme du joug des chagrins, qu'il lui donne de l'assurance, une vie nouvelle, et l'enhardit à toutes sortes d'entreprises.

Mais il en est du vin comme de la liberté ; il faut en user avec modération. On a dit de Solon[1] et d'Arcésilas[2] qu'ils aimaient le vin : on a aussi reproché l'ivrognerie à Caton ; mais on me persuadera plus facilement que l'ivrognerie est une vertu, que de me faire croire que Caton ait pu se dégrader à ce point. Quoi qu'il en soit, c'est un remède dont il ne faut pas user trop souvent pour ne point en contracter une mauvaise habitude ; néanmoins il faut quelquefois exciter l'âme à la joie et à la liberté, et faire pour l'amour d'elle quelque trêve à une sobriété trop sévère.

S'il faut en croire un poète grec : « Il est quelquefois agréable de perdre la raison. » Platon n'a-t-il pas dit : « Jamais un homme de sens ne s'est fait ouvrir le temple des Muses » ; et Aristote : « Point de grand génie sans un grain de folie » ?

L'âme ne peut rien dire de grand et qui soit au-dessus de la portée commune, si elle n'est fortement émue. Mais quand elle a dédaigné les pensées vulgaires et les routes battues, elle ose, en son délire sacré, s'élever dans l'espace ; alors ce sont accents divins qu'elle fait entendre par une bouche mortelle. L'âme ne peut rien atteindre de sublime, rien qui soit d'un difficile accès, si elle n'est comme transportée hors de soi ; il faut qu'elle s'écarte

---

1. Législateur et poète athénien des VIIe et VIe siècles av. J.-C.
2. Philosophe grec du IIIe siècle av. J.-C. et fondateur de la Nouvelle Académie.

de la route battue : qu'elle s'élance, et que, mordant son frein, elle entraîne son guide, et le transporte en des lieux que, livré à lui-même, il eût craint d'escalader.

Conclusion

Tels sont, mon cher Sérénus, les moyens que l'on peut employer pour rétablir et pour conserver la tranquillité de l'esprit, comme pour combattre à leur naissance les vices qui pourraient la troubler. Mais songez bien qu'aucun de ces moyens n'est assez puissant ni assez fort pour maintenir un bien si fragile, si nous n'exerçons une surveillance continuelle sur notre âme toujours prête à se laisser entraîner.

Table

678

Composition PCA – 44400 Rezé
Achevé d'imprimer en Allemagne (Pössneck) par GGP
en janvier 2005 pour le compte de E.J.L.
84, rue de Grenelle, 75007 Paris
Dépôt légal janvier 2005

Diffusion France et étranger : Flammarion